Rizz

I Trentenni
Silvia, Stefania e Ilaria

Hai detto trenta?

Rizzoli

Pubblicato per

Rizzoli

da Mondadori Libri S.p.A.

Pubblicato in accordo con Grandi & Associati, Milano

ISBN 978-88-17-10386-2

Prima edizione: settembre 2018

Hai detto trenta?

Alla nostra generazione

… e a Cesare

I

Butta via qualcosa

C'è ancora la sua seggiolina di vimini, in cantina. Vietato buttarla. Ci sono tantissime scatole e scatoline da aprire, tutte stipate nei grandi armadi di metallo, quelli che riparano dall'umidità.

La trappola per topi, lì in un angolo, non la fa stare tanto tranquilla, ma se ne dimentica subito appena ritrova la scatola di latta della Camomilla con i fiori, le righe rosa e la scritta "Matteo 26.6.1998". La apre accennando un sorriso.

«Butta via qualcosa, però, mi raccomando Andrea.»

Sua mamma è sempre stata ordinata. Lei no. Lei tiene tutto. *Tutto.* Ma adesso sta per andare a convivere, e i suoi sono stati chiari: «Portati via le tue cose, altrimenti le buttiamo».

Non lo farebbero mai, ovviamente, ma ci sta che glielo chiedano: devono fare spazio in cantina. E comunque Andrea certe cose le vuole vicino.

Matteo è stato il suo Primo Amore, con la P e la A maiuscole. Esattamente *quel* primo amore. Quello totalizzante. Quello perfetto e disastroso dei sedici anni.

Lui era il fighetto della classe, bocciato, arrogante e pure brutto. Lei era l'alternativa, Dr. Martens ai piedi e concerti punk-rock. All'inizio, lo odiava profondamente. Tutte gli morivano dietro e Matteo le trattava male, malissimo. Le seduceva, se le faceva e poi non le calcolava più di striscio. E pensare che era anche fidanzato. Andrea, senza peli sulla lingua, gli diceva che era insopportabile, stronzo e brutto. E poi con quel nasone, dove pensava di andare? Non riusciva proprio a comprendere il motivo del suo fascino.

Matteo giocava a calcio nella squadra più forte del campionato scolastico. E, ovviamente, era il miglior giocatore. I suoi migliori amici erano Martino e Filippo. Filippo era il Raoul Bova della scuola: il tipico morettone dagli occhi di ghiaccio, simpatico da far piangere dal ridere. Martino invece era nella fase "sono figo ma ancora non lo so". Trasandato e sempre in tuta, capelli ricci e ironia travolgente. E buono, profondamente buono.

Andrea, però, era innamorata di Stefano, detto Kurt. Come il suo soprannome lasciava intuire, aveva i capelli lunghi e biondi, occhi azzurri, non troppo svegli, e le T-shirt dei Ramones. Soprattutto, era più grande. Di tre anni: lui diciannove, lei sedici. Lui era in quinta E, lei in seconda B.

Andrea e Stefano avevano limonato, una volta e basta, al parco Sempione, dopo aver ascoltato in macchina – lui aveva già la macchina – i Derozer e i NOFX, parlato del nulla cosmico e fumato una canna.

Il giorno dopo Andrea era pronta a fare il suo esordio in società a scuola, sognava già concerti e poghi in coppia, sabati pomeriggio in Darsena alla Fiera di Sinigaglia, ricerca di vinili e cassette al New Zabriskie Point (lo Zab per gli amici punk), lunghe chiacchierate e viaggi in Inghilterra nei mercatini dell'usato. E invece niente. Ma niente di niente. Stefano si era improvvisamente trasformato in Dory di *Alla ricerca di Nemo*: "Ciuau, sono Dory. E tu chi sei?". Aveva forse perso la memoria nella notte? Forse un alieno si era impossessato del suo corpo? Kurt Cobain gli era apparso in sogno e gli aveva detto che, *no*, lui assolutamente non doveva salutare né rivolgere parola a quella biondina sfigata perché altrimenti il Dio del grunge sarebbe sceso dall'Olimpo e gli avrebbe tagliato quei meravigliosi capelli per sempre? Andrea non lo aveva mai capito, ma così era stato. Stefano non le aveva mai più rivolto la parola e lei, chiaramente, era impazzita. Scritte sui muri, pianti a dirotto e musica a tutto volume nelle orecchie.

Era stato allora che Matteo il brutto, Matteo l'attaccabrighe, Matteo il latin lover, si era intenerito e aveva deciso che il suo obiettivo personale era quello di spaccare la faccia a Stefano.

Non era successo, ovviamente, anche se ci era andato molto vicino – complice una partita di calcetto durante l'ora di educazione fisica. Ma da quel giorno lui e Andrea avevano iniziato a parlare, a confidarsi.

Poi c'era stata la gita a Cogne, quando ancora la parola "Cogne" non faceva venire in mente il plastico di Bruno Vespa, ma solo l'aria di montagna e i rifugi in alta quota. E proprio lì, tra una passeggiata con bastone e le scarpe di Decathlon e una notte passata a dormire abbracciati nello stesso letto senza nemmeno un bacio, Andrea e Matteo avevano iniziato a provare qualcosa l'uno per l'altra.

Si erano fidanzati il 23 settembre del 1998.

Si erano lasciati per la prima volta il 17 novembre del 2000. Una tragedia.

Andrea era stata addirittura bocciata al quiz della patente.

Ripensandoci adesso, le sembrava ancora di sentire il dolore profondo, lancinante e inguaribile che prende la pancia e il cuore quando vieni lasciata dal PA. Nessuna voglia di vestirsi e lavarsi, girava come uno zombie per il piccolo paese nella provincia di Milano dove era nata e cresciuta, indossando sempre la stessa tuta lucida dell'Adidas blu, con le tre strisce laterali sui pantaloni e sulla felpa.

L'unico aspetto positivo erano stati i chili in meno. Solo ed esclusivamente in quel periodo Andrea aveva perso l'appetito, raggiungendo a diciotto anni il peso perfetto. Poi non l'aveva visto più. Il peso perfetto. Matteo era rimasto presentissimo nella sua vita, invece. Allora non aveva compreso il motivo di quell'abbandono repentino, ma oggi, rileggendo la lettera che le aveva scritto in quel famigerato giorno, aveva capito che si trattava di "libertà". Quella libertà che in gergo è detta anche "corna".

Adesso stringe la lettera in mano e leggendola continua a sorridere, senza trattenere la commozione.

> "Scusa Andrea, scusa se ho rovinato tutto. Tu non hai bisogno di me, hai un carattere eccezionale. Continua ad amare la vita come hai sempre fatto. Sono sicuro che farai grandi cose, perché ne sei capace, perché la vincente, in realtà, sei tu tra i due. Ricordati solo che nessuno regala nulla. Sii determinata e otterrai ciò che vuoi, sfrutta ed esalta le tue capacità, che sono tante."

Amen.

È strano, pensa, come la scrittura di Matteo sia praticamente identica a quella di Nico. Le L ciccione, le S che sembrano G. Riflettendoci, Nico le sembra la versione perfetta di Matteo. O la versione migliore, quantomeno. Quella senza paure di mostrarsi per ciò che è, senza maschere né filtri.

«Andreaaaaaa! Che piacere vederti! Sei venuta a farti coccolare dalla mamma?»

Le grida della vicina di casa che non vedeva da tempo la riportano alla realtà.

«Eh sì.»

Dopo averla inondata di domande su qualsiasi cosa: «Fidanzato-lavoro-figli-ancora no?-matrimonio-lavoro-fidanzato-casa» si accorge che è tardi e che – purtroppo – deve per forza salutarla...

Grazie, Signore, grazie.

Andrea continua a spulciare tra gli scatoloni, non riesce a buttare nulla.

"Dài, come si fa a buttare la collezione di cartoline dell'Absolut Vodka?"

Le sue preferite erano ovviamente quelle legate ai musicisti: Absolut Pistols con la cover di *Never Mind the Bollocks* dei Sex Pistols, Absolut Bowie con David Bowie e il mitico fulmine e tantissime altre. Le aveva tutte appese dietro la porta di camera sua, insieme al poster a grandezza naturale di Dylan McKay.

In un'altra cartelletta trasparente, invece, ci sono tutti i ritagli di giornale con gli articoli sui Take That: i Take That per la prima volta in Italia, a Sanremo, Robbie Williams lascia la band, i Take That si sciolgono, Take That in ogni dove.

Si ricorda tutto del periodo da groupie. Lei e la sua amica Laura li avevano seguiti ovunque, i Take That. Perfino in Inghilterra. Perfino a Londra. Organizzavano i viaggi studio con la EF nelle località più vicine alle loro case. Come facevano ad avere gli indirizzi? C'era una figura mitologica, tale Eleonora, che nell'agenda nera che portava sempre con sé li aveva tutti – ed erano gli indirizzi *veri*! Quello di Mark Owen, Howard, Jason e Gary.

L'unico sbagliato era quello di Robbie. Non aggiornato, in realtà. A confermarlo era un cartello fuori dalla porta: "Robbie Williams non abita più qui".

Con ognuno di loro Andrea aveva un aneddoto da raccontare. Jason Orange l'aveva incontrato a Plumbley, foto insieme e tanta felicità. Howard Paul Donald – il suo preferito – abitava a Manchester, lei e Laura si erano posizionate sin dalle prime ore del mattino davanti a casa sua, dove era parcheggiata la sua auto, una Mercedes SLK con targa personalizzata: 40 HPD. A un certo punto, Howie era uscito a recuperare il gatto che era scappato. Andrea aveva sempre provato odio per le fan che piangevano, ma quella volta aveva pianto anche lei. E, in una frazione di secondo, aveva scattato trentasei foto identiche, un intero rullino Kodak solo per lui. L'attesa dello sviluppo dal fotografo di fiducia rimane uno dei ricordi più vivi e belli della sua adolescenza.

Gary Barlow abitava in un castello che si vedeva dal treno: le pecore, le colline inglesi verdissime e lì, proprio in cima, la dimora del bel cicciotto dei Take That. Avevano incontrato anche lui mentre usciva da casa, macchina nera e vetri oscurati. Si era fermato per un saluto veloce e una promessa non mantenuta: «I'll be back in a few». Si fece notte, e loro, babbe, che per educazione non gli avevano nemmeno scattato una foto, erano rimaste invano ad aspettarlo: «Tanto torna...».

La delusione più grande, però, era stata Mark Owen. Un viaggio lunghissimo per raggiungere Lake District: treno fino a Lancaster, bus in mezzo alle campagne inglesi e taxi fino a casa sua. Sperduta nel nulla. La tassista, fan di *Star Wars* tanto quanto loro dei Take That, le aveva rassicurate promettendo che sarebbe tornata a recuperarle. Ma loro se ne erano andate dopo qualche minuto, quando Mark era uscito dal cancello incazzato, pensando che fossero state loro a scrivergli sul muro con la bomboletta. «No pictures, please!» aveva ruggito.

Per Laura, che era il suo preferito, era stata la peggiore sconfitta della vita. Aveva pianto tutte le sue lacrime. L'unica consolazione gliel'aveva data la fidanzata di Mark, quella di allora, Johanna, che uscendo con l'auto si era scusata per lui: «He's nervous today, I'm sorry».

«Johanna, noi arriviamo da Milano, il *today* non è contemplabile, capisci?» aveva risposto Andrea in italiano, sconvolta.

Senza aspettare l'arrivo del taxi, si erano fatte scortare dal proprietario di una fattoria lì vicino, che aveva fatto due viaggi – ovviamente non erano le sole fan presenti – per riaccompagnarle alla fermata del bus.

Andrea muore sempre dal ridere quando ripensa alle avventure legate ai Take That. Continua a spulciare tra gli scatoloni, ghignando tra sé, fino a quando compaiono loro: i biglietti dei concerti.

I biglietti dei concerti erano dei cimeli. Azzurrini, verdini, rosini. Ne trova tantissimi, tutti chiusi in una bustina di plastica. Alle cose cui tiene veramente riserva una cura maniacale.

"Milano Forum, 18 aprile 1995. Lire 35.000".

Le Lire. Il caro vecchio conio. La cara, vecchia e dimenticata ricchezza.

E poi, eccola. Lei, la Bibbia dei ricordi, il Sacro Graal, il Vangelo secondo gli Anni Novanta. Impossibile cercare di richiuderla, perché l'obiettivo era sempre lo stesso: riempirla fino a farla esplodere. 16 mesi, copertina rosa piena di zampine di gatto adesive e Slimer fosforescenti, scritte con il bianchetto e con gli Uni Posca, foto fissate con lo scotch.

La Smemoranda.

Andrea si mette l'anima in pace, chiude la porta della cantina per accertarsi che nessuno la disturbi e apre l'agenda.

Bentornata adolescenza. Bentornate dediche. Bentornati mozziconi di sigarette appiccicati con accanto un cuore enorme e la scritta: "Comple Carlo". Bentornate pagine bruciate con le citazioni di Jim Morrison e Brandon Lee. Bentornate foto di classe. Bentornata sabbia di quella vacanza indimenticabile. "Niente è per sempre, ma un ricordo può esserlo. Estate '96, da non dimenticare."

Torna indietro nel tempo, viaggiando tra i ricordi della sua adolescenza meravigliosa e incazzata.

"Ma dài, ti prego, perfino il gettone delle giostre appiccicavo?"

Scoppia a ridere come una matta quando, in data 20 novembre, trova la scritta: "In questa pagina si sente l'aroma di AZZARRO". Azzarro… Insieme ad Axe Africa era il profumo che faceva girare la testa alle adolescenti degli anni Novanta. Non c'era maschietto che non se ne spruzzasse una vagonata prima di uscire.

C'è anche una dedica di Lea, scritta con almeno quattro colori diversi: azzurro metallic, fucsia, arancione fluo e viola. Biribiro + penne gel fluo = dedica perfetta.

Immediatamente fa una foto con l'iPhone e gliela manda. Mentre invia gira pagina, e la scrittura rotonda e inconfondibile di Viola la paralizza.

Riprende il cellulare e manda un messaggio vocale a Lea: «Che cazzo di fine ha fatto Viola?».

2
Lea

«Sì mamma, l'ho accompagnata, adesso ritiro le camicie in tintoria e arrivo. No mamma, non è oggi il fisioterapista. Sì mamma, adesso faccio anche quello, poi passo da te e alle otto recupero Tommi in stazione che stasera siamo a cena da Eli e Fabio.»

"Ma è possibile che devo ripeterle le cose cento volte?" si domanda Lea mentre aspetta che si chiuda il noleggio della Car2go.

Lea è fatta così. La pazienza non la perde mai. Sopporta, sopporta, sopporta. E non sbotta, no, si tiene tutto dentro.

Per farla sfogare, confessare o incazzare devi proprio fare i numeri cinesi. Potresti metterci ore, giorni, anni.

Le uniche persone che riescono a farla arrabbiare davvero sono due: suo marito Tommi e Andrea. Andrea è l'alter ego femminile di Tommi e viceversa. In realtà, sono anche gli unici che riescono a farla parlare. Sì, ma che fatica, ragazzi.

Lea si è sposata sei mesi fa, poco dopo aver compiuto trentatré anni e cent'anni di fidanzamento.

Ha conosciuto Tommi all'università, entrambi frequentavano il Politecnico, indirizzo Design. A Tommi era piaciuta fin dall'inzio, ma lei, che era sempre stata la tipica amicona di tutti, non se n'era mai accorta. Lui continuava a invitarla alle grigliate con i suoi amici a Como, e lei puntualmente paccava per motivi che sembravano usciti dal libro delle peggiori scuse:

«Non posso, devo accompagnare mia nonna a fare la vendemmia».

«Scusa, devo tenere il figlio di mia cugina che va alla spa e non sa a chi lasciarlo.»

«No, questo sabato c'è la cresima della figlia della cugina della nonna dello zio di...»

Ma era tutto vero. Tutto drammaticamente vero. La famiglia di Lea era numerosa e ingombrante, e lei, senza protestare, come sempre, si lasciava trascinare dai parenti nelle imprese più assurde.

Ma quella domenica di giugno del 2007, dopo un sabato passato a San Siro a vedere l'ennesimo concerto di Vasco, aveva due possibilità: andare alla grigliata a Como o a cena da quel ragazzo carino, simpatico, un po' fighetto che forse poteva piacerle.

Andrea era sempre inclusa nelle sue scelte e chiaramente aveva tifato per Como: faceva un caldo torrido a Milano, e nella sua testa il lago con grigliata era la combinazione perfetta.

"La grigliata con gli amici" si era poi rivelata una cena sul balcone di Tommi con altri due ragazzi, Paolo e Dario.

Tutti e tre giocavano a rugby. Dario era simpaticissimo, Paolo era un figo da paura. Nel giro di due ore, lui e Andrea stavano limonando. Paolo sarebbe poi entrato nella top 5 dei ragazzi che più le avrebbero spezzato il cuore, mentre Tommi, finalmente, quella sera era riuscito a far capitolare Lea.

Le amiche avevano capito che Tommi sarebbe diventato l'uomo della vita di Lea quando era riuscito a farle fare tre cose:

1. Farla tornare dalle vacanze in anticipo.
2. Farle fare le sette del mattino in una serata qualsiasi a Como.
3. Trombare in presenza di tutti i loro amici convincendosi che nessuno li vedesse (Andrea era a un metro di distanza).

Lea è nata in una famiglia bene di Milano, amata dal padre e dalla madre e odiata dalla sorella maggiore, che ogni giorno tentava di ucciderla.

Crescendo, probabilmente per evitare guai con la sorella rompicazzo, ha imparato a sopportare ogni cosa e a esaudire ogni richiesta. La madre, rigida e attenta alle etichette, non l'ha mai lasciata realmente libera. Coprifuoco alle due (quando si sa che a vent'anni in discoteca ci vai all'una e mezza, prima non c'è nessuno); zero ubriacature, figuriamoci le canne, mai sgarrare, né a scuola né fuori.

E Lea sopportava, perché per lei dire di no è difficile come per Brenda resistere a Dylan.

Capite bene che per una come lei fare le sette del mattino in un giorno qualunque e scopare a una festa davanti a tutti poteva significare solo una cosa: Tommaso se lo sarebbe sposato.

Lea è la memoria storica di Andrea. Perché dei loro vent'anni, ha scritto tutto in piccoli quadernini stracolmi di sms.

Le memorie dei cellulari dei primi anni Duemila non si misuravano certo in giga. La capienza dei Nokia 3210 si esauriva praticamente subito, i messaggi si dividevano in due o tre, finiva il primo e stavi lì ad attendere che arrivasse il seguito. Lea sapeva quanto mancava al limite, lo sapeva così bene che avrebbe potuto tranquillamente essere lo sviluppatore segreto del software dello StarTAC. Così, a cadenza regolare, si isolava per ore e trascriveva tutti gli sms nei suoi quadernini. Mittente, orario, messaggio. Faceva lo stesso con le frasi più belle dei libri. Ed era anche quella che, con l'avvento delle prime macchine fotografiche digitali, selezionava le foto migliori e le faceva stampare. La sua camera era stracolma di istantanee, e custodiva gelosamente e in un perfetto ordine scatole piene di album, bigliettini e altre testimonianze importanti.

Ogni tanto, ancora adesso, si mette lì sul divano e le apre tutte. Lea è sempre stata la nostalgica del gruppo, la brava ragazza che non esagerava mai, la Brandon Walsh addicted, che in realtà ha sempre represso la parte di sé che ama Dylan McKay.

In questo momento, Lea cammina verso via Melzo. Le camicie in tintoria non erano ancora pronte, così ha deciso di fermarsi a fare un saluto alla Zia prima di andare a fare un sopralluogo per lo shooting della settimana successiva, con una designer di gioielli che ha mollato tutto per ricominciare a trentasette anni (la sua cliente preferita).

La Zia in questione non è una tassa obbligata della sua soffocante famiglia, bensì la proprietaria di un negozio di vintage e antiquariato dove Lea ama rifugiarsi ogni tanto, non per forza per scappare da qualcosa, piuttosto per dedicarsi un piccolo momento di pausa.

La Zia ha la voce di Amanda Lear, è innamorata di Tommi e ogni volta che Lea va a salutarla spera sempre ci sia anche lui. Ogni volta una delusione. Tommi si fa desiderare.

Lea è art director.

Art director part-time.

Art director part-time freelance.

Che tradotto significa: ennesima trentenne precaria.

Al mattino lavora per uno studio di design, i proprietari sono due fratelli, ricchi, uno è gay e l'altro finge di non esserlo. O meglio, lo è ma non l'ha ancora capito. A Milano ce ne sono tantissimi di #sonogaymafingodiessereetero. Sposati e non.

Lea va molto d'accordo con il gay-gay, invece con il gay-etero fa solo delle grandi figure di merda: per esempio, usando il femminile o cercando complicità quando in studio arriva qualche cliente figo.

«Tesoro come stai?» le chiede la Zia con un gran sorriso.

«Bene grazie, tu?»

«Come vuoi che stia, tesoro? Alla grande!»

«Beato te.»

«Beata, tesoro, beata.»

"Sì, ma io vado in confusione però" pensa tra sé, mentre gira tra insegne d'epoca, borsette in coccodrillo anni Cinquanta, pellicce di vecchie zie, quelle vere, sedute di cinema che oggi non esistono più e lampade – la sua passione.

Si ferma davanti al ritratto di una signora bellissima, sembra francese, in bianco e nero rovinato. Indossa un basco e un cappotto lungo con il pelo intorno al collo, fuma una sigaretta e guarda il mare con aria assonnata da quella che sembra una terrazza.

La suoneria del cellulare la distrae da quel momento di pace. Sbarra gli occhi e si rende conto di essere rovinosamente in ritardo. Non è da lei. Ha bisogno di una vacanza. Ma davvero.

«Pronto, Matilde? Ah, sei già lì? Sì, guarda, io sono sulla strada, non puoi capire cosa mi è successo: ero in metro e mi sono addormentata e sono arrivata al capolinea, non mi era mai capitato... Sto arrivando!»

La Zia scoppia in una risata mentre Lea la guarda minacciosa. A questa scusa non avrebbe creduto nessuno, se l'avesse usata una ritardataria cronica come Andrea, ma detta da lei ha tutt'altra valenza. Anche perché sono in pochi a sapere che Lea non prende la metro, tranne se costretta, e che comunque non si siede mai, visto che è fissata con l'igiene.

Saluta la Zia e si precipita all'appuntamento. Fortunatamente è molto vicino, a piedi sono quindici minuti, dieci se corri.

Lea corre.

L'Albergo diurno di Porta Venezia è un posto magico. Entrando sei catapultato negli anni Trenta, periodo in cui qui c'erano delle terme con bagni di lusso, barbieri e parrucchieri, manicure e pedicure.

È tutto rimasto come allora, impolverato e dimesso, ma molto affascinante. Location perfetta per fotografare i gioielli di Matilde, moderni ma dal sapore antico.

Lea arriva trafelata e si scusa in tutte le lingue, ma per fortuna Matilde nel frattempo si è schiarita le idee.

«Ricreiamo l'atmosfera dell'epoca, anche le modelle le cercherei con quella fisicità: vita stretta, fianchi larghi e seno piccolo.»

«Ok, perfetto. Magari possiamo usare quei vecchi reggiseni che fanno le tette a punta!»

«Esatto!» esclama Matilde, e poi insieme si lasciano travolgere in una risata mentre camminano verso la postazione per le manicure.

«Gli anelli li fotografiamo tutti qui» suggerisce Lea.

«Sssshhh, per favore!»

Una guida turistica le zittisce in malo modo e torna a spiegare al gruppo che la segue la storia dell'albergo diurno.

«Anche meno» protesta Lea.

«Scusa, hai detto qualcosa?» ringhia la guida.

«No, no, dicevo a lei» risponde girandosi verso Matilde.

Proprio in quel momento le squilla il cellulare, è un messaggio WhatsApp di Andrea. La guida si stoppa nuovamente, alterata per il "bip, bip" del messaggio.

«Mi pare un po' troppo» sussurra Lea scocciata, mentre Matilde ridacchia.

È un vocale. Lea preme play e velocemente porta lo smartphone all'orecchio.

Troppo tardi: il messaggio parte ad altissimo volume e rimbomba per tutto il Diurno.

«Che cazzo di fine ha fatto Viola?»

La guida a questo punto sbotta. Matilde prende Lea per un braccio e la allontana dal gruppo, spingendola verso gli ambienti delle terme.

«Già, che cazzo di fine ha fatto Viola?» esclama Lea.

«Chi è Viola? Se ha le tette a punta la prendiamo per lo shooting!» esclama Matilde.

«No, le ha rifatte. Seimila euro di tette nuove. Ne andava fierissima» risponde distrattamente Lea, mentre armeggia con lo smartphone.

«Ehm, sì, stavo scherzando… Lea? Ci sei?»

Lea non risponde. È china sullo schermo del cellulare. A catturare la sua attenzione, la foto profilo Facebook di Viola.

3
Più ci pensi, più non succede

Negativo.

"Maledetta fottuta linea singola."

Ha imparato a riconoscerla senza esitazioni, Viola.

Quella linea rosa, netta e sfacciata.

Le prime volte il rumore accelerato dei battiti del cuore le aveva offuscato ogni logica. Era corsa a rileggere le istruzioni dieci, cento, mille volte. Per scovare un errore, un dubbio, una virgola che ne cambiasse il senso. Ma il senso rimaneva sempre lì, sempre lo stesso.

"Se appare solo una banda colorata nella zona di controllo (C) e nessuna banda nella zona di test (T) significa che non è stata rilevata nessuna gravidanza."

"Ok, respira. Respira, Viola, e non piangere. Smettila cazzo di piangere" si ripete. Piangendo.

Viola odia vedersi piangere. Ha sempre avuto la convinzione che fosse da deboli, soprattutto durante la sua complicata adolescenza, quando l'unica ragione per concedersi qualche lacrima era la rabbia.

«Non sto piangendo per altro, ma per il nervoso!»

«Ok, Viola, ma non devi giustificarti, è normale...» le ripeteva suo padre.

«No! Non lo è! Io non piango mai!»

È sempre stata orgogliosa, sin da bambina. Quando commetteva un errore e veniva rimproverata cercava di mantenersi salda. Non arrogante o sfacciata, ma impetuosa.

Questa volta, come ogni volta, doveva essere quella giusta. Aveva calcolato i giorni esatti, quei tre giorni mensili carichi di speranza e futuro. Il giovedì e il venerdì, le aveva confermato la ginecologa, ma il sabato: «Ah, se riuscite sabato, secondo la tua ovulazione di questo mese dovrebbe essere il giorno perfetto!».

All'ultimo minuto però Damiano ha ricevuto la chiamata della ex moglie. La babysitter si era presa l'influenza intestinale, la madre aveva il torneo di burraco del circolo e lei doveva scappare alla cena di beneficenza aziendale.

«Non ho modo di mancare, Damiano, scusami se ti avverto solo adesso, non volevo bruciarti la serata, ma non ho altra soluzione se non te. A che ora riesci a passare? Io alle 20 in punto devo essere fuori casa! Scusami ancora eh, e grazie grazie grazie!» gli ha comunicato su WhatsApp con uno scongiurante e frettoloso messaggio vocale, per poi aggiungere in un secondo: «Oddio, ma forse dovevi stare con Viola??? Mi spiace così tanto! Scusami anche con lei allora!».

Falsa.

«Devo tenere i bambini, Marta ha avuto una serie di imprevisti e non sa come fare. Rimandiamo a domenica la nostra serata romantica?»

«Ah, ma oggi è sabato, sarebbe stato il giorno gius... Va be', comunque ok. Se devi andare vai.»

Mai dare soddisfazione.

«Sì, ma lo era anche ieri e giovedì, no? E direi che non ci siamo trattenuti...» le ha detto baciandola, sornione. «E poi, Viola, basta con questi giorni perfetti e non. Lasciamo che le cose facciano il loro corso, no? Sai che più ci pensi e più non succede?»

"Che frase del cazzo" pensa Viola. "Certo, tu di figli ne hai già due. E forse questo manco lo vuoi davvero così tanto..."

Più ci pensi, più non succede.

Quella frase era diventata un'ossessione.

Un'ossessione nell'ossessione, alla sfrenata ricerca di una gravidanza. Una gravidanza sarebbe bastata per riempire quella stanza vuota dove ancora rimbombava tutto.

Come poteva non pensarci quando il mondo intorno a lei sembrava costantemente "incinto"? Quando la collega: «Guarda, davvero al primo colpo! Non sapevamo neanche fosse il periodo giusto!»? Quando alla tv, sui giornali e anche durante il tutorial su YouTube "Come fare la treccia a spina di pesce" le pubblicità la bombardavano di bambini verseggianti e test di ovulazione? Quando sua madre non faceva altro che ripeterle: «Be', certo che non ti vengono, quello è già sposato, i figli li ha, ma che futuro pensi di costruire insieme a lui?»?

Sempre a giudicare, sempre a mettere le sue scelte in discussione.

«Non trovi anche tu? Viola? Viola? Ti sei persa?»

«Sì, sì, certo, trovo anche io.»

«Allora ci sentiamo dopo, scappo che Marta era già in ritardo. Ti amo, piccola.»

Viola ha conosciuto Damiano a un cocktail di lavoro.

Lei trentatreenne brillante, single e fintamente divertita in un mondo che sapeva non appartenerle, ma che fingeva le calzasse a pennello, come i pantaloni a palazzo sul suo culo tondo. Lui affascinante manager d'azienda con gli occhi scuri e il sorriso perfetto, un matrimonio fallito alle spalle, una ex moglie ingombrante, una passione sfrenata per le auto.

Un cliché.

L'ha conquistata con la sua galanteria, ha dovuto faticare molto, perché Viola non ama concedersi e non ama i cliché. Sapeva che Damiano avrebbe potuto avere qualsiasi figa di Milano, ma aveva scelto lei, e non si sarebbe arreso facilmente.

La sua ex moglie è stata una famosa modella negli anni Novanta. Il suo volto ha campeggiato per le strade della città negli anni d'oro, da Porta Venezia a San Babila, e alla soglia dei quarantacinque, oltre a essere ancora decisamente attraente, si è conquistata un posto in prima fila nei salotti buoni.

Cliché numero due.

È una finta buona, in realtà una gran stronza. Sempre sul filo sottile fra l'ipocrisia e la paraculaggine. Ancora palesemente innamorata dell'ex marito, ma in apparenza indulgente e pronta a "comprendere" ogni situazione, anche la sua nuova relazione, nel furbo e strategico tentativo di riprendersi ciò che ritiene sia sempre stato suo.

Come sia finita in questa rete di luoghi comuni, neanche Viola sa spiegarselo. In realtà non sa spiegarsi tante cose della sua vita presente, ma forse è meglio non pensarci.

"Dovrei comprare quel test di ovulazione che mi spunta sempre nella pubblicità di YouTube, magari quella maledetta canzoncina alla *Shining* vuole dirmi qualcosa."

Le viene in mente il liceo. Così, senza una spiegazione.

Un ricordo violento e improvviso.

Andrea che corre verso di lei durante la ricreazione, con quel sorriso gigante che riusciva a coprirle tutto il viso, impossessandosene totalmente, come in una caricatura.

Andrea che trascina Lea per un braccio. Lea con la faccia dell'ansia.

Andrea che la travolge in un abbraccio che quasi la butta a terra, eccitata e irruente come solo lei sapeva essere quando fremeva dalla voglia di dirle qualcosa.

Andrea che le appiccica la bocca all'orecchio stringendole la testa tra le mani e le urla a bassa voce: «Ieri l'ho fatto con Matteooooo!!!».

«Ma che cazzo dici??? E com'è andata???»

«Ci si è rotto il preservativo!»

Era stata una tragedia. O meglio. Aveva richiesto summit, ore e ore al telefono, chiamata a Valeria Ronchi che "lo aveva già fatto" e che sicuramente le avrebbe aiutate a capire cosa fare, ricostruzioni minuziose dell'accaduto che nemmeno la polizia scientifica.

A quanto pareva era stata tutta colpa di una "mensola".

O meglio, della mensola sopra il letto di Matteo, contro cui continuavano a sbattere la testa. La confusione, mista all'inesperienza del momento, aveva *certamente* causato l'incidente.

Ancora oggi Viola non riesce a spiegarsi quale potesse essere la connessione tra la mensola e il preservativo rotto, ma ricorda che ne erano tutte e tre fermamente convinte.

Ovviamente la gravidanza era certa. Cioè, lo era per loro, perché a quei tempi non c'erano Internet e forum dove confrontarsi e leggere esperienze simili in anonimo. L'amore a quell'età lo si faceva in pochi, e quasi sempre dopo mesi e mesi di relazione "duratura" e consolidata. Nelle serie tv Brenda e Dylan dopo il ballo della scuola entravano vestiti in una stanza di albergo e ne uscivano dopo qualche scena, sempre vestiti. Né un bacio appassionato né una mano sul culo, nemmeno una bretellina del reggiseno abbassata.

Si ricorda i pianti disperati di Andrea, il tentativo di prendere la pillola del giorno dopo (che poi non prese mai), l'immaginarsi coraggiosa ragazza madre con la promessa di crescerlo insieme, loro tre. Con o senza Matteo.

Il ciclo le arrivò due settimane dopo, durante un concerto a Bologna. Viola ripensa alla gioia incontenibile di quella chiamata che Andrea aveva fatto dal cellulare grosso tre metri per due, che i suoi genitori le avevano lasciato per assicurarsi che andasse tutto bene, quando il cellulare non era un privilegio, ma uno strumento di controllo.

Ripensa a quelle urla con la musica di sottofondo: «MI SONO VENUTE LE MIE COSEEEEE!!! NON SONO INCINTAAAAA!».

Grande festa alla corte di Francia. E fine della storia.

Viola sorride.

Guarda quel test sempre uguale.

Prima era tutto così semplice, anche quando appariva estremamente complicato. In quegli anni Novanta carichi di sogni e aspettative, di estati da inghiottire tutte d'un sorso, di amori che toglievano il fiato, di amicizie che si promettevano il "per sempre".

Ricorda quanto fosse ossessionante la paura di una gravidanza indesiderata, da adolescenti. Quando le ragazzine chiedevano su «Cioè» se con un bacio si potesse rimanere incinte, o se il petting sarebbe bastato a provocare una gestazione.

"Che beffardo, il destino."

Le fa tenerezza l'idea di quella promessa di crescere insieme il pargolo non richiesto di una adolescente di quindici anni. Ma dove pensavano di andare?

Viola però è sempre stata così: un'indomabile sognatrice. Dietro quell'apparente muro solido e incrollabile abitano strati sensibili e delicatissimi. E poi a quei tempi per le sue amiche sarebbe stata disposta a tutto. Soprattutto per Lea, la più buona e tollerante.

La loro amicizia era nata proprio così. Era il 20 settembre del 1995, il primo giorno di scuola del primo anno del liceo. La tradizione voleva che ai nuovi arrivati si riservasse un "trattamento di benvenuto", anche detto "bullismo gratuito perché sono più figo e più grande", quando ancora c'era la fretta di esser grandi, consistente in:

- testa sotto l'acqua del rubinetto dei bagni;
- uova marce tirate all'uscita;
- fialette puzzolenti nei borsoni lasciati negli spogliatoi durante l'ora di educazione fisica;
- in casi estremi, mani legate ai cancelli dell'entrata con i lacci delle proprie scarpe.

Viola non sembrava turbata dalle storie che i suoi amici di terza le raccontavano sui soprusi a cui avrebbe assistito quel 20 settembre, né tantomeno temeva di esserne vittima. Sia perché il suo gruppo era interamente composto da "quelli grandi" (e nessuno avrebbe mai permesso che la sfiorassero nemmeno con un dito), sia perché, in caso contrario, sapeva che si sarebbe difesa molto bene anche da sola.

All'entrata le cose filarono lisce, niente di grave da segnalare, solo piccoli scherzi di poco conto.

Fu invece alla ricreazione che si scatenò il vero inferno. Ragazzine urlanti inseguite da diciottenni con in mano Big Babol panna e fragola masticate e pronte per essere appiccicate ai capelli; primini con gli zaini disfatti e i libri dispersi per i corridoi; puzza di uova ovunque; bidelli urlanti... Era guerra!

Viola si muoveva lenta e serpentina in mezzo a quel campo di battaglia, quasi indifferente. Era sempre sembrata più grande della sua età, non tanto per il fisico, longilineo e affusolato, quanto per quel fare sicuro che sembrava dire a tutti: "E allora? Cos'hai da guardare?".

Il suo unico pensiero era quello di raggiungere il bagno e avere il tempo di fumarsi una sigaretta nei pochi minuti di ricreazione rimasti.

E fu lì che vide Lea, tenuta per le braccia da due ragazze più grandi, che ridendo cercavano di spingerle la testa sotto il rubinetto.

Lea scalciava, con gli occhi strizzati, temendo quella "doccia fredda" che le avrebbe assicurato un raffreddore per la prima settimana scolastica. Lei, freddolina com'era, con i guanti in scooter anche in primavera.

Urlava di lasciarla stare, che non aveva fatto niente di male, e non voleva ammalarsi proprio il primo giorno di scuola.

Viola non ebbe il tempo di capire cosa le stesse succedendo. Cominciò ad avvertire una strana sensazione di calore in tutto il viso, nelle orecchie, nel collo. Era come se dentro di lei si stesse accendendo una torcia.

In un attimo le salì il sangue al cervello e, senza rendersene conto, si scaraventò sulle due con una tale enfasi che, nello spingerle via, una quasi cadde a terra.

Spaventate da quell'attacco, le due decisero di scappar via, rischiando di scivolare sulle pozzanghere che loro stesse avevano creato "battezzando" precedenti vittime.

Fu proprio quando raggiunsero l'uscita, ormai quasi libere, che apparve Andrea, con occhi imperturbabili e severi, a fare muro sulla soglia.

«Ve lo dirò adesso e mai più. Se vi vedo un'altra volta, una sola volta, avvicinarvi a quella ragazza, anche a mezzo metro, io giuro che vi riduco la faccia come un pallone. E lo faccio eh? Perché io meno, e non scherzo!»

Il suono stridulo della campanella di fine ricreazione irruppe in quel silenzio da Far West, permettendo alle due ragazze di sgattaiolare sotto le braccia di Andrea e scappare lontano.

Andrea corse verso Lea e la abbracciò forte.

«Oddio, come stai? Stai bene? Lasciale stare quelle cretine, hai visto poi come si sono prese paura? Era tutta scena! Ti hanno bagnata? Hai freddo? Tieni la mia pashmina, ecco, avvolgitela intorno al collo. Io comunque sono Andrea! Piacere!» disse tutto d'un fiato.

«Io sono Lea... Grazie ragazze, sto bene!»

Andrea si girò verso Viola: «E tu?».

Viola si era finalmente accesa la tanto agognata sigaretta, che adesso le serviva anche per calmarsi.

«Io sono Viola.»

«Che bel nomeeee!!!»

Andrea era così. Si innamorava delle persone. Le bastava un nome, una movenza, un dettaglio, per costruire una storia.

Viola rise. «Non me lo dicono in tanti.»

«Be', adesso te lo dico io. E sapete cosa vi dico anche? Che nessuna sfigata dell'ultimo anno ci potrà colpire, se uniamo le nostre forze! Quindi ci vediamo all'uscita e scendiamo insieme le scale e se qualcuna si avvicina...»

«Tu meni e non scherzi!» la bloccò Viola.

«Esatto!»

Scoppiarono a ridere tutte e tre insieme. Lea si fece riconoscere subito per quella risata contagiosa e bizzarra che sarebbe diventata la panacea della loro amicizia.

«Ok, allora mi accompagnate anche a comprare la Smemo alla cartoleria qui di fronte?» chiese. «Volevo quella blu con la scritta bianca.»

«Sìììì, anche io la devo prendere! Magari potremmo

averla tutte e tre uguale, così poi ce le scambiamo per tutto l'anno e facciamo a gara a chi la riempie di più!»

Andrea aveva già deciso per tutte.

«Oddio, ragazze, ma la campanella è già suonata da dieci minuti, che figura con i nuovi professori! Io scappo!»

Lea e il suo senso del dovere, inossidabile sin dai tempi della scuola.

La Smemo la presero tutte e tre uguale, proprio come aveva proposto Andrea. E, senza saperlo, diventò il loro punto di riferimento, il simbolo della loro amicizia, il luogo in cui riversare amori, sfighe e momenti bui. Tipo quando Giulio della terza c fece le corna a Lea con una tizia che si diceva facesse petting nei bagni, e loro colorarono tutta la pagina di quel giorno con un pennarello nero fin quasi a sfaldarla.

"Chissà che fine avrà fatto quella Smemo" pensa Viola. "Forse sarà finita nella spazzatura insieme ai libri nell'ultimo repulisti della roba vecchia..."

Impacchetta mentalmente quei ricordi, come fa con tutto quello che teme possa turbarla.

«Smettila di mettere la testa sotto la sabbia come fanno gli struzzi» le ripeteva sempre sua madre.

Il telefono squilla d'improvviso, Viola sussulta come se si stesse risvegliando da uno stato di trance.

«Tesovo, ci sei staseva pev cena da Fingev's? Siamo io, tu e la Lolli, così pavliamo della pvossima sfilata, ho avuto delle idee top pev gli inviti!»

«Ciao Chiara, sì ci sono. Prendo un Uber e arrivo.»

«Brava tesovo, così ti vacconto anche di come ho intenzione di licenziave quella sfigata della stagista che mi hanno appioppato!»

Viola ripensa agli occhi sinceri di Andrea.

Alla risata buffa di Lea.

A quell'ennesimo test di gravidanza negativo.

A Damiano che anche questa sera deve stare coi suoi figli.

E fa lo struzzo.

4
La lista

Se Lea non fosse diventata una designer, sarebbe diventata un investigatore privato. E non pensate che basti andare su Facebook per esserlo. Bisogna saperlo usare davvero, anche se l'abilità si riconosce dal saper incrociare tutti i social network con le persone giuste. Spesso i dettagli importanti non si scoprono guardando i profili personali, ma quelli degli amici. E Lea lo sa bene, è lei infatti quella che dà sempre le notizie più aggiornate su gente dimenticata, o messa un attimo da parte. Come Viola.

Spulciando su Facebook conferma il suo ricordo: Viola vive ancora a Milano, lavora per una grande casa di moda e convive con un uomo più vecchio di lei.

"Forse però è un'omonima che le assomiglia" pensa tra sé e sé, fingendo spudoratamente di autoconvincersi.

Guarda le foto: Viola e il suo compagno in montagna a fare trekking, Viola a New York con altre tre ragazze agghindatissime che nemmeno a Carnevale, Viola distratta che parla con un walkie-talkie al centro di una passerella, Viola in abito da gran sera.

Poi si blocca. "E questi due ragazzini chi sono?"

Manda un messaggio vocale ad Andrea mentre cammina senza meta. Dopo aver salutato Matilde e definito con lei tutti i dettagli dello shooting, si è fiondata a capofitto nelle indagini.

«Mi spieghi come cazzo ti è venuta in mente Viola, adesso? Cosa stai facendo? L'hai vista in giro? Comunque sono andata a vedere su Facebook, nelle foto taggate ovviamente, e boh... della Viola che conoscevamo noi nessuna traccia. Pensa che addirittura c'è una foto di lei in montagna che fa trekking! Ok la montagna con la neve, ma il trekking no. Lei ha sempre odiato il trekking! Anzi, ha sempre odiato anche solo l'idea del trekking!»

Da quando su WhatsApp non è più necessario tenere premuto il microfono per registrare i messaggi vocali, Lea è felicissima. Finalmente può parlare più di nove secondi.

Andrea nel frattempo è ancora lì, nel casino più totale della sua cantina, a chiedersi se trentun anni sia davvero l'età giusta per andare a convivere e fare la cernita dei ricordi di una vita.

Nell'attesa ha ritrovato il Tricky Traps, la trappola che intrappola, con le pile funzionanti. Il tempo di due partite e si è spento. In un sacchettone c'erano anche la Beby Mia, che vista oggi sembra Chucky la bambola assassina, e poi Baby Viva, che improvvisamente le rievoca il trauma di quando ha scoperto che Babbo Natale non esisteva.

Tutta colpa della sua compagna Alessandra. Quella stronzetta era arrivata a scuola dicendole che aveva incontrato i suoi genitori in un grande supermarket e che nel carrello aveva visto Baby Viva.

Povera Andrea, ha ancora impresse nella mente le sue parole: «Ma non è possibile, Baby Viva me la porta Babbo Natale!».

«Che sono i tuoi genitori» aveva risposto la stronzetta.

Andrea fa una smorfia di disappunto e un "gne gne gne" imitando Alessandra.

Squilla il telefono, è sua madre che le chiede che fine ha fatto, se si ferma per cena e se le vanno bene gli hamburger con l'insalata o preferisce un primo.

«La dieta mamma, la dietaaaaaa! Niente carboidrati la sera!»

Andrea è perennemente a dieta. Oddio, dieta, diciamo che cerca di stare un po' attenta ogni tanto. La dieta vera, di quelle che pesi le cose e non bevi nemmeno un bicchiere di vino, l'ha fatta una volta sola e se la ricorda ancora come l'esperienza più traumatica del mondo. Dopo la triste scoperta dell'inesistenza di Babbo Natale, ovviamente.

Mettendo giù si accorge che Lea ha risposto. Con un vocale di due minuti e quaranta. Faceva prima a chiamarla.

Si mette a cercare anche lei Viola su Facebook, non la trova e non si spiega il perché. Manda un messaggio: "Come hai fatto a trovarla?".

"Non cercarla con nome e cognome, non la trovi così, ha un nickname" le risponde prontamente Lea.

"E tu come hai fatto, scusa?"

"Io non svelo i trucchi del mestiere, lo sai. (Faccina compiaciuta.)"

A questo punto scatta il vocale: «Dài cretina, mandami il nome che voglio vedere anch'io le foto! Ma scusa, ma veramente lavora nella moda? Cioè, Viola? Viola la ribelle, Viola l'anticonvenzionale? Ma lei non aveva studiato pubblicità e comunicazione, o una roba del genere, in Spagna? Non aveva fatto anche quel master fighissimo nell'agenzia dell'ippopotamo dei pannolini? Come cazzo è finita a lavorare nella moda? Sarà stato quello... Che poi quanti anni avrà? Cinquanta? Quando l'ha conosciuto? Va be', adesso mi studio il profilo».

«Tre minuti e ventidue secondi di messaggio. Facevi prima a chiamarmi.»

«Ha parlato la concisa.»

Andrea non riesce a spiegarselo. Davvero. Più di ogni altra cosa, però, non riesce a spiegarsi come abbiano potuto perdersi per strada.

Dài, è inconcepibile.

Le abitudini?

Alla fine quando cresci, un pochino, gli amici di sempre li perdi per strada.

No, non è vero. Gli amici di sempre te li porti dietro comunque. Magari li vedi meno, ne conosci di nuovi con i quali fare le cose che più ti piacciono. A trent'anni capisci che hai voglia di fare solo le cose che hai davvero voglia di fare. Sembra uno scioglilingua, ma è così. Diventa più difficile organizzarsi per vedersi, diventa un'impresa. Le cene le devi schedulare, c'è chi apre un doodle per le votazioni. La loro amica Giulia, per esempio, per la cena di Natale quest'anno ha aperto il doodle a Ferragosto.

Tutti, a un certo punto, fanno fatica a rinunciare a qualcosa. A vent'anni era tutto più semplice. Che cavolo si aveva da fare, a vent'anni?

Viola.

La loro amatissima Viola.

Andrea riprende la Smemo e cerca una sua dedica.

"Sono le 11.30 e la prof di mate continua a parlare di equazioni e io come sempre non ci capisco un caxxo! Ma quando arriva l'estate? Sono sicura che l'estate del '99 sarà la più bella di sempre! Io, tu e Lea, sempre insieme, respirando questa fottuta libertà che questa scuola maledetta ci leva, tenendoci imprigionate fra queste 4 mura!!! Va be', la prof mi sta guardando, faccio finta di prendere appunti. TVUMDB FOREVER VIOLA + ANDREA + LEA."

Lea nel frattempo le manda il link del profilo Facebook di Viola, ma Andrea va avanti a sfogliare la Smemo, fino a quando, in data 11 maggio, si blocca.

Sbarra gli occhi e inizia a gridare: «LA LISTAAAAAA! Cazzo, la lista... E chi se la ricordava più? Non ci posso credere, appena lo dico a Lea si mette a piangere!».

In un attimo torna lì, al parchetto dietro l'oratorio, con la grande quercia e il campo da basket.

Andrea, Viola e Lea.

Le Dr. Martens di Andrea, la minigonna di Viola, i jeans a zampa di Lea e i loro sudatissimi motorini.

Quel parchetto era il rifugio perfetto, lì ci si radunava per i grandi summit, si prendevano decisioni importanti, si studiavano strategie di conquista o di abbandono, ci si confidava. Lì avevano fumato la prima canna – tranne Lea, ovviamente – lì avevano pianto e litigato, lì Lea aveva limonato per la prima volta, riscontrando il totale disaccordo delle altre due – «È il nostro posto segreto, Lea.» «Eh, ma non sapevo dove andare...»

Lì era stata stilata LA LISTA.

«Forza ragazze, mano sulla Smemo. Giuriamo.»

«Giuriamo sulla Smemo che a trent'anni avremo fatto tutte queste cose. Compreso limonare con Cesare Cremonini.»

"Cesare caro, chissà in quante liste sei finito" pensa Andrea sorridendo. "In quante stelle cadenti, in quante candeline soffiate, in quante ciglia tra il pollice e l'indice, in quanti flick o flock, in quante monetine della Fontana di Trevi, in quanti braccialettini colorati comprati sulla spiaggia. Chissà. E chissà quante te ne sei limonate. Ma che colpa potevamo avere noi, eri tu a cantarcelo: *Vorrei, vorrei, esaudire tutti i sogni tuoi...*"

Andrea si ricorda perfettamente il momento della lista.

Era arrivata alla quercia in lacrime, incazzata nera e disperata. Aveva scoperto che Alessandro l'aveva tradita con una stronza della seconda B. Li aveva beccati alle giostre, lui l'aveva baciata scendendo dal calcinculo. Era scoppiata la Terza guerra mondiale.

«Io te l'ho sempre detto che a me quello lì proprio non piaceva» le aveva detto Lea.

«Sì, va bene, ma chi se ne frega di quello lì? Dài,

su, l'hai visto? Ha anche il doppio taglio! Come fa a piacerti uno con il doppio taglio?» aveva cercato di smorzare Viola.

«Io non capisco perché tutti si vogliono fare quella stronzaaaa!» aveva gridato Andrea, sempre plateale ed esagerata nelle sue reazioni.

«Perché è una stronza» avevano risposto in coro le altre.

«Vedrai che tra nemmeno un mese te ne sarai già dimenticata di quel cretino e riderai tantissimo nel ripensarci.»

«Che poi, quanto puoi essere stronzo, proprio sul calcinculo? Eravamo imbattibili, io e lui, sul calcinculo.»

«Ma l'ha limonata mentre andava? Come ha fatto?»

La domanda di Lea le aveva fatte scoppiare tutte e tre in una mega risata.

«Avevamo già deciso il nome del nostro primo figlio...»

«Andrea, ma cosa stai dicendo? Hai sedici anni!»

«Ma lo sai fra quanti anni avrai il tuo primo figlio?» l'aveva interrogata Lea.

«Sì, io mi voglio sposare al massimo a ventiquattro anni e avere il primo figlio a venticinque!»

«I miei mi hanno avuta a trent'anni» aveva detto Viola.

«Tardissimo» aveva commentato Lea.

«Dài, facciamo così, scriviamo una lista delle cose da fare prima dei trent'anni.»

«Hai detto trenta?»

«Sì, trenta.»

Ed eccole lì, con i loro Uni Posca colorati, le Biribiro e tutta la cancelleria possibile immaginabile, intente a stilare la lista.

"E chi se la ricordava più" pensa Andrea, mentre fa una foto alla pagina della Smemo e apre WhatsApp.

"Adesso ti mando una cosa che appena la vedi muori" scrive a Lea.

Nel frattempo, accorgendosi dell'orario, raccoglie tutto velocemente e, con un entusiasmo tale da spingerla a fare le scale a piedi, sale a casa.

Sbatte la porta e si catapulta nella sua vecchia cameretta.

«Prima o poi quel muro lo butti giù!» le grida sua mamma dalla cucina, da oltre vent'anni.

Suo papà è seduto di fronte alla scrivania di Andrea, sta guardando una trasmissione su Dmax mentre aspetta di mangiare. La saluta contento e le chiede se ha fatto tutti gli scatoloni per portarsi via un po' di roba.

«Dài, prima che Nico ci ripensa e mi tocca riprenderti qui a casa. Ma l'appartamento di Milano quando lo lasci?»

«Papi, non puoi capire cosa ho ritrovato.»

Nel frattempo entra sua mamma: «Di là è pronto!».
«Mamma, chiamo Lea un attimo e arrivo.»
«Ma non puoi chiamarla dopo mangiato?»
«No, è importantissimo.»
Sua mamma vede la Smemoranda.
«Uh signur la Smemo, guai a iniziare la scuola senza la Smemo… Ma ce le hai ancora tutte?»
«Tutte, mamma. Tutte» risponde Andrea mentre chiede a Siri di chiamare Lea.
«L'hai trovata?» risponde Lea al telefono.
«Hai visto la foto???»
«No, cosa mi hai mandato?»
«La lista.»
«Che lista?»
«LA LISTA, LEA!»
«Oddiooooo!»
«Vediamoci domani sul tardi, dobbiamo parlare, trovare Viola e partire.»
«Ma partire per dove?»
«Dài, ne parliamo domani.»
«Andrea ma che cazzo dici?»
«Vado che è pronto. Ciao.»

5
Niente scuse

Ogni volta è la stessa storia, da oltre quindici anni: Andrea chiama Lea, la sommerge di parole e di cose da fare, lei diligentemente ascolta, fa una pausa di dieci secondi, aspetta con pazienza la conferma che abbia finito e poi interviene.

«Andrea, sei pazza, questa cosa non la faccio, non insistere!»

Ma poi la fa.

Solo una volta hanno litigato pesantemente perché Andrea non era riuscita a convincerla. Quando ci si mette, Lea è davvero cocciuta.

Avevano ventitré anni ed erano partite per un viaggio oltreoceano, solo loro due. Destinazione: Repubblica Dominicana.

Avevano messo da parte i soldi guadagnati con i lavoretti che facevano durante il periodo universitario, più un aiutino richiesto a Natale ai genitori.

Lea faceva regolarmente la babysitter, era perfetta: dolce e rassicurante, occhi grandi da cerbiatta, le lentiggini e i lunghi capelli lisci e rossi. Affabile, comprensiva e ordinata, era tutto quello che una mamma potesse desiderare per i propri figli, che ovviamente andavano pazzi per lei.

Aveva smesso quando suo cugino Riccardo le aveva chiesto di aiutarlo in negozio ogni tanto. Aveva una cartoleria fighissima, di quelle dove potevi trovare di tutto. Lei adorava la parete fatta di buste e cartoncini colorati di ogni dimensione, per non parlare dei Caran d'Ache, sistemare i cofanetti in ordine di grandezza era la sua passione. Ogni tanto apriva una scatola per sentire l'odore delle matite colorate. Una droga. Quasi peggio della Coccoina.

Andrea, invece, era promoter di qualsiasi cosa: vendeva profumi nei grandi centri commerciali – fragranze da voltastomaco che lei raccontava come le più trendy della stagione – latte e detersivi nei supermercati, perfino lampadine. Sapeva di poter rifilare qualsiasi cosa a chiunque sfruttando il suo sorrisone da grande amica di sempre. Stare otto ore chiusa in un centro commerciale, inevitabilmente, ti rimbambisce, ma lei era organizzata per far passare il tempo: le era sempre piaciuto parlare con la gente e, quando proprio non ce la faceva più, iniziava a immaginare di recitare in una pièce teatrale famosissima in cartellone a Broadway, così magicamente il tempo passava più veloce.

Era marzo, quando erano partite. Le lezioni in università si fermavano perché c'erano le sessioni di laurea. Il viaggio di andata – dodici lunghissime ore – l'avevano passato a leggere, spettegolare e provare a dormire. Missione fallita. Non c'era verso, nessuna delle due riusciva a chiudere occhio. Le avevano provate tutte: il cuscino per il collo, le gocce, la mascherina, i tappi per le orecchie. Niente sembrava funzionare. Ovviamente non c'erano film da vedere, e nemmeno videogiochi.

Al ritorno, invece, ce l'avevano fatta, grazie al battesimo della tequila la sera prima.

Arrivate a Santo Domingo, dopo il benvenuto di una piccola squadra di scarafaggi fuori dalla porta della stanza, si erano subito rese conto che i loro compagni di viaggio erano lì solo per accoppiarsi. C'era una signora, molto bella e curata, che aveva la precedenza sul più figo tra gli animatori: mulatto, altissimo, con dei ricci voluminosi e un viso sorprendente. Il corpo, anzi, il culo, non aveva bisogno di descrizioni.

Andrea e Lea avevano subito fatto amicizia con tutti gli animatori, con i fotografi italiani («Ma sì, trasferitevi qui che si sta bene, cosa restate a fare in Italia, qui comprare casa costa pochissimo») e con una coppia di amiche di Cesena. Ballavano in continuazione, erano gli anni in cui andavano di moda la bachata, il merengue e la salsa, Andrea ballava sempre con il bono ricciolutoe si sentiva Baby di *Dirty Dancing* che doveva dividersi Johnny Castle con la zitella che pagava per trombarselo. Ma solo nella sua testa, perché a lui, evidentemente, andavano bene i bigliettoni della *sciura*.

Né una né l'altra aveva concluso con nessun animatore.

Avevano litigato per una gita. Che Lea non voleva fare. Per colpa delle sue paure.

«Mi spieghi cosa pensi possa succedere se usciamo dal villaggio? Non siamo da sole, c'è tutto il gruppo. Fanculo tu e le tue angosce del cazzo!» le aveva gridato Andrea.

È una testa dura, Lea, quando si impunta farle cambiare idea diventa un'impresa da record. Erano rimaste senza parlare per un pomeriggio intero. Poi, passato il nervoso, Andrea si era stancata di tenere il muso; Lea invece, da permalosa quale è, l'aveva tirata lunga.

«Lasciami stare, mi deve passare, non insistere» diceva.

Come tutte le volte, serviva una risata per metter fine al litigio.

In quel caso era stato il bagno vestite che gli animatori le avevano costrette a fare, scaraventandole in piscina davanti a mezzo villaggio.

Si sono date appuntamento nel loro posto del cuore in corso Garibaldi. Un caffè dalle grandi vetrine con tavoli, banconi e divanetti dove potersi sedere, studiare, lavorare e confrontare in santa pace. Non arriva nessuno a chiederti cosa vuoi, sei tu a dover ordinare alla cassa. Alle pareti, scritte ben fatte con gessetti, disegni e stampe colorate, stencil di gruppi musicali, quaderni colmi di appunti e schizzi posizionati in teche di vetro. Il tipico luogo frequentato da giovani stranieri e liberi professionisti con le cuffie alle orecchie, zaini trendy e computer aperti. I freelance, questa strana razza di nuovi lavoratori, quelli che non hanno mai timbrato un cartellino e non conoscono il significato delle parole "straordinario" e "tredicesima".

La prima ad arrivare, stranamente, è Andrea. È riuscita a staccarsi prima del previsto da una riunione.

Saluta il gestore del locale, un catanese trapiantato a Milano, che ogni volta le dice che non può assolutamente perdersi il dolce del giorno.

«È una rivisitazione del cannolo siciliano, con un ripieno che è una sorpresa. Facciamo così, te ne porto uno normale e uno speciale, se non ti piace almeno puoi mangiare quello classico.»

«Sicuramente non mi piacerà» ironizza Andrea.

Prende un caffè e una bottiglietta d'acqua e si siede al bancone che dà sulla strada. Cazzeggia su Instagram nell'attesa di Lea, posta una story mentre addenta il suo cannolo con l'hashtag #magredomani e tagga Lea, accusandola di essere sempre in ritardo.

Lea arriva trafelata direttamente dallo studio, casco in mano, zaino in spalla, le Gazelle verdi nuove ai piedi e i capelli perfettamente in ordine nonostante il viaggio in scooter.

Si ferma in mezzo alla sala, gira la testa a sinistra e a destra finché non viene richiamata da Andrea: «Anch'io voglio le Gazelleeeeeeeeeee» esclama con un grande sorriso.

Lea lancia uno sguardo al cielo e la raggiunge.

Andrea le infila in bocca un pezzo del cannolo e inizia a inondarla di informazioni.

«Non puoi capire, sono impazzita, quando ho ritrovato la Smemo sai cosa c'era? Il mozzicone di sigaretta di quella testa di cazzo di Alessandro, te lo ricordi? Mamma mia che cesso, ma come faceva a piacermi? Poi era un nano! Hai preso il caffè? Vuoi acqua? Ti giuro che quando ho ritrovato la lista mi è preso un colpo. Ma quanto eravamo carineeeeeee. Ma secondo te eravamo sfigate? No, perché le sedicenni di adesso sono molto più sgamate di noi. Dài, vai a prendere il caffè.»

«Sì vado, ma tu calmati che mi hai già fatto venire il mal di testa.»

Andrea tira fuori la Smemo e la apre proprio sulla pagina della lista. Era il 9 giugno del 1999. Mancava una settimana esatta alla fine della scuola.

Lea, tornando al bancone, la vede e sbarra gli occhi, quasi fa cadere il vassoio. Trattenendo un urlo, si dimentica del suo caffè e prende l'agenda con una delicatezza che solo lei può avere.

La pagina della Smemo ha quella consistenza data dal tempo, come se si fosse bagnata, semplicemente perché è stata letta e riletta, scritta e riscritta.

«Ti rendi conto?»

«Mi ricordo perfettamente il momento, potrei anche ricordarmi come ero vestita...»

«Eh certo, come adesso!»

Scoppiano a ridere. Andrea dal riso passa ai lacrimoni, si commuove in fretta. Ha sempre avuto un problema di empatia ipersviluppata.

Leggono insieme la lista.

«Ok, allora, ho pensato che adesso è il momento giusto per farlo. Io inizio una nuova collaborazione fra due mesi, di film importanti in questo periodo non ne escono, i concerti estivi, quelli fighi, sono a luglio e male che vada ci fermiamo in qualche altra città se proprio devo recensire qualcosa di urgente. Che poi, vaffanculo, sai quanto perdo al massimo? Trenta euro lordi ad articolo! Il trasloco da Nico è praticamente fatto, devo solo portare le ultime cose. Tu hai lo shooting dei gioielli, poi di consegne importanti non ne hai. E i fratelli Belli Capelli ti devono tante di quelle ferie che potresti partire adesso per l'Erasmus che non hai mai fatto.»

«Andrea, ma che cazzo stai dicendo?»

«Sto dicendo che dobbiamo partire, scema!»

«Ma ce la fai? Guarda che c'hai trent'anni, mica sedici come allora.»

«Appunto! Quando cavolo pensi di poterlo fare altrimenti? È adesso il momento giusto. Pensaci e dimmi che cosa hai da perdere.»

«Ma dài, cosa dico ai miei? E Tommi?»

«Mmmmmm» sbuffa Andrea. «L'hai appena detto tu: hai trent'anni, anzi trentadue, e ancora devi giustificarti con i tuoi genitori? Quante volte non hai fatto cose che volevi fare, pentendoti di non averle fatte? E poi: Tommi? Lea, Tommi ti prepara la valigia e ti fa partire subito! Lui è l'ultimo dei tuoi pensieri. Facciamo un'altra lista se vuoi: vantaggi e svantaggi!»

«Mamma che pesante che sei!»

«Dài, tanto ci mettiamo un secondo. Timbri il cartellino?»

«No.»

«Sei incinta?»

«No.»

«Ok, adesso gli aspetti positivi: non è una cosa bellissima da raccontare ai tuoi futuri figli?»

«Ma smettila, mi sembri Muccino in *Che ne sarà di noi*.»

«Eh, ma noi abbiamo degli obiettivi: fare tutto quello che ci manca della lista. Muccino voleva solo trombare con Violante Placido!»

Ridono insieme.

«Dài, facciamo così» conclude Andrea. «Se Viola ci sta non hai scuse, si parte.»

«Ma le hai scritto davvero?»

«Certo, solo che il numero che avevo non è più suo. Mi ha risposto uno dicendo che non sa chi sia Viola. Ho guardato la foto di WhatsApp e in effetti c'era uno tutto muscoloso che si spara un selfie in un bagno...»

«Proviamo a scriverle su Facebook.»

«Aaaaaaahhh vedi che in realtà vuoi partire???»

«Tu intanto scrivile, poi si vedrà» commenta Lea con aria misteriosa.

E, insieme, aprono la chat di Facebook.

6
Il profumo di maggio

«Be', comunque Fingev's è sempve Fingev's! Stiamo sempve così bene qui! E poi hai visto? C'eva anche quel calciatove figo… come si chiama? Dài, quello che sta con l'ex velina mova, che poi ha passato tutta la seva a fissavti. Non te ne sei accovta? Dài, come hai fatto a non accovgevtene… Viola? Tesovo? Devo mandavti una mail o mi stai ascoltando?»

Viola fissa il display dell'iPhone, con quegli occhi neri vibranti, misti di stupore, rabbia e inquietudine.

"Baby, mi fermo a dormire qui dai bambini. A Giulia è salito un febbrone da cavallo e Marta mi ha chiesto se posso restare per la notte perché ha paura che sia varicella. Domani giuro che mi faccio perdonare. Prepara il costume blu, quello che ti ho preso in Florida. Ti porto alla spa di Bulgari. Così ci rilassiamo un po' e chissà, magari è l'occasione giusta per portare a casa il risultato..."

"MA VAFFANCULO TU, BULGARI, LE METAFORE CALCISTICHE E SOPRATTUTTO QUELLA STRONZA DELLA TUA EX MOGLIE!" pensa Viola, senza scriverlo.

«Violaaaaa! Tesovo!!! Cosa succede?»

«Niente Lolli, scusa. Ho solo un gran cerchio alla testa e bisogno di andare a casa. Sarà stato il vino.»

«Be', io al posto tuo quel Damiano lo lascevei un po' mantecave, e magavi vispondevei allo sguavdo del calciatove, che è ancova lì che ti sovvide. E mi sembva un bono pazzesco!»

«Calciatore?»

«Sì dài! Quello che sta con la velina mova.»

«Chiamo un Uber, Lolli. Anzi, vado a piedi, che ho voglia di camminare un po'.»

«Come vuoi tesovo. Io al posto tuo mi savei fatta un givo su quella Lambo con quel bono, ma tu sei sempve così...»

«Così come?»

«Così "chi ha il pane non ha i denti"!»

Viola sorride. «Ci vediamo domani in ufficio.»

A Milano la primavera ha spalancato prepotentemente le sue porte, inondando ogni cosa con la fragranza di polline e fiori.

Viola ha sempre amato questa stagione, adora respirarla a pieni polmoni e riconoscere, in fondo ai respiri, il profumo dei tigli, stasera così forte e invadente, che si muove nell'aria tiepida sgusciando tra palazzi d'epoca, accarezzando le vetrine dei negozi di lusso, ballando a tempo con il ticchettio dei suoi tacchi sull'asfalto.

Il profumo di maggio. Quel profumo di aspettative che le ricorda sempre la fine della scuola, quando mancavano le ultime interrogazioni, i compiti in classe che avrebbero sancito la pagella finale, le prime gambe timidamente scoperte, le corse in motorino con i capelli al vento e, nel cuore accelerato, la paura di essere scoperti, quella sensazione di trasgressione e libertà.

Si ritrova a sorridere pensando a quando le sequestrarono il motorino di Lea. Ultimo giorno della terza liceo. Avevano appuntamento con Andrea all'entrata, avrebbero festeggiato la fine di quell'anno lunghissimo, pieno di pianti, di corna, di storie consumate, note sul registro e punizioni che erano costate a tutte feste e concerti.

Ne erano uscite indenni, un po' rotte, ma con quella media del sei che non era né carne né pesce, che non accontentava del tutto i genitori, ma non poteva nemmeno essere il pretesto per ulteriori punizioni estive. Solo Lea, ligia come sempre al dovere, più per timore che per passione, aveva collezionato tutti sette. Anche in religione.

Lea aveva portato i due grossi caschi della moto di

suo padre. Quelli orrendi che ti trasformavano in un Power Ranger e che di tutto sapevano tranne che di femminilità.

«No Lea, mi rifiuto!»

«Viola, ti prego, mio padre mi ammazza! Lo sai che mi ha concesso l'uso del motorino solo se metto SEMPRE questo casco!»

«Sì, ma questo è un ricatto, è una minaccia, non è una concessione! Come ci arriviamo a scuola così? Sembriamo "Emiglio è meglio"! Mi sono lavata i capelli stamattina, ci ho messo un'ora per farli con il ferro e mi sono anche ustionata il pollice, guarda!»

«Sì Viola, lo vedo, però...»

«No, niente però. Non possiamo fare le sfigate l'ultimo giorno di scuola. Tanto cosa vuoi che succeda? Ci sarà un gran casino in giro, è un giorno di festa, e le feste non le rovina mai nessuno! Metti questi oblò sotto la sella.»

«Ma se mio padre...»

«Dammi le chiavi, guido io!»

Non avevano fatto neanche cento metri, ed ecco il primo posto di blocco ad aspettarle.

«Violaaaaaaaaa, oddio c'è il posto di blocco, lo sapevo, lo sapevo! Sono fottuta!!!»

«Shhh, fai finta di niente, mettiti il cappello e abbassati dietro di me.»

«Ma il cappello mica fa da casco! Ci fermeranno sicuro! Ecco lo sapevo, è la fine, un'estate rovinata...»

Le prime lacrime di disperazione avevano cominciato a rigare il viso di Lea.

«Fai l'indifferente Lea, guarda da un'altra parte.»

Sorriso. Paletta. Fermate.

Viola decelerò come per accostare, poi d'improvviso, con un gesto istintivo e repentino, diede gas sulla manopola dello Scarabeo e via, bruciò il posto di blocco.

Le sirene della polizia municipale partirono all'unisono dietro di loro.

«Violaaaaaaaaaaaaaaaaaa, ma sei pazzaaaaaaaaaaa! Sono finita, la mia vita è finitaaaaaaa!»

«Zitta, copri la targa!»

«Ma come copro la targaaaa? Ma cosa coproooo???»

«Coprila col piede! Tieniti a me con le braccia e gira la gamba.»

Nel tentativo di coprire la targa con le sue All Star verdi, per poco Lea non ebbe uno svenimento, mentre Viola cercava di depistare gli inseguitori zigzagando tra le macchine.

La loro corsa finì a pochi metri dall'entrata della scuola.

I pianti disperati di Lea non servirono a convincere i poliziotti.

Neanche le scuse, le preghiere, le promesse a vita.

Motorino sequestrato per tre mesi, multa di duecentomila lire e fine della storia.

Quell'estate fu un disastro. Il padre di Lea le disse che, una volta passati i tre mesi di sequestro, le avrebbe ritirato il motorino per un altro mese. E che le duecentomila lire le sarebbero state scalate dalla paghetta.

Viola ovviamente gliele volle restituire di tasca sua, così fecero pari e patta, centomila ciascuna, e rimasero povere per il resto dell'estate.

Viola si ritrova a ridere da sola camminando per corso Venezia.

La cosa che rendeva Lea speciale è che era sempre disposta a perdonarti. La sera della multa, attaccate al telefono Sirio tricolore – giallo, viola e verde acqua – in una chiamata a tre per raccontarsi per l'ennesima volta ogni minimo dettaglio, Lea non riusciva a non ridere e piangere contemporaneamente. Viola ricostruiva tutta la scena di lei che si dimenava come una lucertola al sole cercando di coprire la targa mentre diceva: «Mi sento svenire, mi sento svenire», e a lei partiva la risata a stantuffo mentre continuava a piangere al telefono.

Un clacson improvviso interrompe i suoi ricordi.

Si gira e vede "il bono in Lambo" di cui le parlava la Lolli. Ha un mazzo di rose, di quelle comprate al volo fuori dai locali costosi, "dieci euro tutte".

«Ciao, posso offrirti queste rose e accompagnarti sotto casa? Camminare da sola a quest'ora non è il massimo in una città così grande...»

Ha gli occhi di un verde intenso, i tatuaggi sulle mani e un sorriso imperfetto.

«Ti ringrazio ma sono arrivata, il mio portone è proprio quello lì» risponde educatamente Viola, indicando la traversa successiva.

«Ma io come faccio adesso che mi sono innamorato?»

«Be', potresti sempre chiamare la tua ragazza e chiederle consiglio. Magari lei ha la soluzione più adatta.»

«Ok, ho capito il tipo. Accetta almeno le mie rose, però. I fiori non si rifiutano mai.»

Viola pensa a Damiano, che quando aveva qualcosa da farsi perdonare le regalava sempre due dozzine di rose, più una.

E lei invece ama i tulipani.

«Facciamo che le accetto con il pensiero, ma tu quelle le porti alla tua fidanzata. Secondo me qualcosa da farti perdonare ce l'avrai.»

Il "bono in Lambo" le sorride.

«Ok, incasso e porto a casa. Aspetto qui però, fin quando non ti vedo entrare dentro il portone.»

Viola gli regala un sorriso. Ha sempre amato le persone gentili. La gentilezza è un'arma potentissima, in grado di smuoverla e farle cambiare idea su tutto. Anche su un calciatore tatuato dal sorriso imperfetto.

«Buonanotte!»

Mentre sale le scale sente il rombo dell'auto che sgomma via. Lascia che si allontani, poi gira la chiave nella toppa.

È esausta. Tutto quel vino e la lunga camminata sui tacchi l'hanno sfinita.

Si sfila le scarpe, lanciandole per aria con un gesto ormai collaudato, e distende le piante dei piedi facendole aderire perfettamente al parquet. Una delle sue sensazioni preferite.

Si spoglia in fretta, infilandosi canotta e pantaloncini, e si tuffa nel letto king-size.

«Oh no! Mi devo struccare!» esclama da sola, nel buio.

"Va be', pazienza, sono troppo stanca" si dice poi. "Ciao, sono Viola, ho superato i trent'anni, lavoro nella moda, e quattro sere su sette non ho voglia di struccarmi. E non mi strucco. Probabilmente esisterà un girone dell'inferno per quelle come me. Ma chi se ne frega, fanculo le rughe."

Prende in mano l'iPhone pensando che è tutto il giorno che non si fa un giro su Facebook.

Nelle sere di solitudine, Facebook è la sua grande finestra sul mondo. Sul mondo delle cazzate, degli status autocompiacenti, delle madri che pensano solo a fare le madri, di quelli che si lamentano sempre e di quelli invece che ti fanno credere di essere sempre felici. Dei pessimisti, delle foto delle vacanze al mare in inverno, della polemica politica, dell'ostentazione in ogni sua forma, delle gif di animali coccolosi, dell'ultima notizia di cronaca, della gente che trova anche il tempo di fare le stories.

Un carnevale di Rio che le fa compagnia.

"Una notifica di messaggio." Apre la bustina curiosa. "Chi mi scrive su Facebook? Ai tempi di WhatsApp esiste ancora gente che ti manda messaggi istantanei su Facebook?"

Per la seconda volta nella stessa sera, Viola fissa il display dell'iPhone con gli occhi vibranti.

"Viola, sono Andrea! Cioè siamo Andrea e Lea, ma ti scrivo dal mio profilo. Non sapevamo più che fine avessi fatto, però ti abbiamo pensata tanto in questi anni, e poi l'altra sera ero in cantina, perché sto traslocando, vado a vivere con Nico, perché insomma è giusto così, facciamo il passo importante, siamo grandi ormai, bisogna pensare a una vita insieme... Sì ok, vero, tu non sai chi è Nico, però insomma, questa è un'altra storia e magari te la racconterò. Però, ecco, tornando a quello che ti stavo dicendo... Ho ritrovato la nostra Smemo! Tu non sai che salto nel passato! Quanti ricordi! C'era ancora il filtrino che ti ha passato dal palco Tormento dei Sottotono al concerto. E puzza ancora! Cioè, il filtrino intendo.

"Senti, dobbiamo vederci! Dobbiamo incontrarci per forza, perché io e Lea dobbiamo parlarti di una cosa. Cioè, io devo convincere Lea di una cosa che riguarda noi e te. E mi servi anche tu. Perché sai com'è lei, no? Cioè, non è mai cambiata, sempre con questa storia di 'prima il dovere'... Allora, ci stai?

"Ti lascio il mio numero. Chiamami!"

All'improvviso, il profumo di maggio invade la stanza. E a Viola manca il respiro.

7
Ma dove credi di andare?

È sempre stata la più responsabile delle tre, è vero, però Lea è come se stesse aspettando la grande occasione. La grande occasione per mandare tutti affanculo.

Fosse anche solo per il gesto. Fosse anche solo un urlo supersonico. "Vaffancuuuuuuuloooooooooooo."

"Sai che bello?" pensa tra sé e sé mentre mette su il riso per la cena.

Potrebbe contarli sulle dita di una mano, i vaffanculo della sua vita. Trova sempre un motivo, una giustificazione, della comprensione inutile nei confronti del prossimo. Anche quando il momento del vaffanculo è palesemente arrivato.

Anche oggi, con sua madre, si è trattenuta.

Le ha raccontato di Andrea, della Smemo, del viaggio e di Viola, con un entusiasmo da ragazzina, sperando, perlomeno, di avere un riscontro divertito, non per forza incoraggiante, ma nemmeno distruttivo.

«Ma dove credi di andare? Invece di pensare a farmi un bel nipotino, pensi ad andare in viaggio come le ragazzine adolescenti. Non ti sembra ridicolo?»

Che nervoso. Che nervosooooooo.

Certo che le sembra una follia. Lo sa bene. Ma sentire solo critiche da parte di sua madre improvvisamente le ha fatto venire voglia di partire, di guardarla in faccia e gridarle quel gigantesco vaffanculo.

"E basta con questa storia del nipotino."

Non le è bastata la gravidanza interrotta di sei mesi fa?

Non le ha fatto effetto la sua reazione di fronte al referto, totalmente inaspettato, del ginecologo? Il suo esclamare: «Guarda cosa abbiamo combinato»?

Non era il momento giusto. Aveva solo una gran paura. Il lavoro andava come andava, vivevano ancora nel piccolo bilocale e la sua testa non era pronta. Aveva smesso di prendere la pillola da troppo poco tempo perché la notizia le fosse gradita. Un bambino? Adesso? Per carità.

Aveva vissuto quei primi giorni col terrore. Si era resa conto di aver ferito gratuitamente Tommi e i suoi genitori dicendo quella frase, eppure era più forte di lei. Non poteva costringersi a provare qualcosa che non provava. Quel bambino, in quel momento, non lo voleva. Non era pronta.

Si era sentita ancora peggio quando la gravidanza si era interrotta naturalmente, i sensi di colpa l'avevano sopraffatta. Anche con Andrea non era riuscita a confidarsi, fino a quel giorno. Le aveva mandato un messaggio vocale. Sapeva che stava lavorando e che non poteva telefonarle.

Andrea non aveva nemmeno finito di ascoltare il vocale che già stava chiamando.

«Cosa ti è passato per la testa, Lea? Con chi credevi di dover parlare, se non con me? Piangi cazzo, piangi che almeno ti sfoghi!»

Forse Andrea aveva ragione.

"Ma nooooo, Lea torna in te."

Lascia sul fuoco il riso e va verso il piccolo soggiorno. A gran fatica raggiunge la scatola sull'ultima mensola. Si mette sul divano e la apre, sa esattamente cosa sta cercando.

Quelle foto in bianco e nero di lei, Viola e Andrea in montagna, quando avevano giocato a fare le sexy. Compresa lei, per una volta.

«Dài Lea, che cavolo te ne frega, non si vedono le tette! Fai la faccia sexy adesso, dài che facciamo l'album e le mettiamo su MSN...»

C'erano le prime macchinette digitali, MSN aveva da poco introdotto gli album: tutti i contatti potevano vedere le tue foto. A quel tempo era la rivoluzione.

Erano partite loro tre per il weekend, nella casa di montagna dei genitori di Lea. Aveva nevicato ininterrottamente e loro erano uscite solo per fare una passeggiata. Viola voleva per forza sciare, ma non se n'era fatto niente. Troppa neve, gli impianti avevano dovuto chiudere.

Avevano "studiato", guardato film, programmi di ogni tipo, giocato a carte e cucinato. E poi si erano fatte settemila foto. Occhiali da sole, guanti in pelle, doposci pelosi della nonna e della mamma di Lea, gamba nuda, cappelli in testa e facce da sceme. Il tutto per conquistare quei tre matti di Roma. Li avevano conosciuti in vacanza d'estate, facevano parte di un gruppo di amici ma erano comparsi solo ad agosto inoltrato.

«Dove li tenevate nascosti questi tre?» aveva esordito Andrea alla vista di Lollo, Lele e Carlo. Erano al mare, in Sardegna, gli anni del "a casa non ritorno se fuori non è giorno". Pericolosissime: belle, abbronzate, con i capelli al vento e i sorrisi che non si spegnevano mai. Si facevano corteggiare con grande piacere, cene e serate a fare l'alba. Lollo, Lele e Carlo rappresentavano lo stereotipo romano assoluto, erano coinvolgenti, cavalieri e maschi. I loro amici milanesi, chiaramente, li odiavano.

Le "relazioni" erano durate il tempo di una vacanza più qualche mese. Dopo Capodanno era tutto scemato.

"Certo che sono proprio una cretina" pensa Lea. "Ma di cosa avevo paura? Cioè, potevo vivere la serata più romantica della mia vita, e invece niente. Mi sono fatta riportare a casa. Lea, sei proprio un'idiota. La situazione era perfetta, sembrava una pubblicità dei Baci Perugina, di quelle che ti fanno cambiare canale dal nervoso se sei cinico e ti fanno piangere se sei uno sfigato: la luna, le stelle, un bonazzo che ti vuole portare in barca con una bottiglia di vino bianco ghiacciato e un sorriso smagliante che ciao proprio. Niente, tu lì a ridere imbarazzata, a rifiutare l'invito per la serata perfetta e guardare la barca a vela che si allontana manco fosse *Love Boat*. Un'altra, ennesima, cavolata. Per cosa poi? Bah."

Eccola lì, in piedi davanti al tavolo da pranzo a ricordare di quella volta che il mitico Lollo la voleva portare in rada a guardare le stelle e a dormire in barca.

"Cretina. Io che ho sempre sognato di svegliarmi la mattina in mezzo al mare..."

Le foto sparse davanti a lei le fanno venire in mente l'ennesimo rimpianto, quello che scotta di più: l'Erasmus. La Spagna era perfetta – "Come si chiamava la città? Ah sì, Murcia. Ma dove cazzo era Murcia?".

Argomento intoccabile. Il tormento vissuto per decidere se partire o meno aveva sfinito chiunque: «Parto o non parto?».

«Santo cielo parti, Lea, che cazzo» le diceva Andrea, senza più filtro.

Niente da fare, non era partita. Chissà per quale assurdo motivo.

"A quest'ora avrei parlato benissimo lo spagnolo e l'inglese. Eh, ma sarò stata traumatizzata da piccola a questo punto, non è possibile che in trentadue anni di vita non ci sia stata una cavolo di esperienza che volessi vivere e mi sia vissuta senza remore né paranoie. Non c'è, Lea, capisci che non c'è? Anche quando mi sono ritrovata a parare il culo a quel deficiente del fratello di quella scema della Laura. Io tutta preoccupata, avevo anche rinunciato a quella festa fighissima per colpa sua, e poi, e poi *the big inculata*. A casa tutta la sera, ad aspettare la chiamata per coprirlo..."

«BASTA, mi sono stufata. Adesso chiamo Andrea e le dico che ci sto!»

In quel momento entra Tommi, che ridendo le chiede: «Ma stavi parlando da sola? Sei matta?».

«Tommi, guarda, ho deciso che vado. Andrea ha ragione, devo farlo assolutamente. Non mi voglio ritrovare a cinquant'anni con il muso e i rimpianti di non aver fatto proprio quel viaggio lì. Vado con Andrea e Viola – forse – a fare un bel giro in macchina per l'Italia, tappa per tappa fino ad arrivare... boh, arriveremo da qualche parte, no? Va be', lo decideremo poi. Insomma vado. Dobbiamo fare quelle cose della lista. Te ne avevo mai parlato della lista? Dài, sì che te l'ho detto. Va be', comunque ho deciso: io vado, ecco.»

«Eh, va bene. Vai. Certo.»

«Sì, ma lo dici tu a mia madre però, eh?»

8

Come pioggia sull'asfalto

Il rumore delle gomme bagnate sull'asfalto scivola insistente tra gli infissi d'epoca del terzo piano di corso Venezia.

Per Viola, da anni, quel suono preannuncia l'ennesima giornata di pioggia e ha assunto un sapore di familiarità, una sorta di certezza nel mare di confusione in cui spesso si sente galleggiare.

Con il passare del tempo ha imparato a diffidare dall'effetto sorpresa, lei che un tempo lo amava così tanto, adesso preferisce trovare rassicurazione nella continuità.

Milano, da questo punto di vista, raramente la stupisce.

La sveglia è suonata già da quindici minuti, ma stamattina i suoi pensieri sono annodati in un groviglio di emozioni contrastanti, dopo una notte agitata passata praticamente in bianco.

Il messaggio di Andrea le ha fatto sobbalzare lo stomaco.

Lo ha letto una sola volta, tutto d'un fiato, e poi, come se qualcuno avesse potuto vederla, come se fosse bastato a cancellare tutto, ha schiacciato immediatamente il tasto centrale e poggiato l'iPhone sul comodino.

Andrea non è cambiata.

L'entusiasmo travolgente, la logorrea, le parole vomitate senza virgole emotive. L'uragano tutto cuore.

Le sembra di sentire la sua voce ininterrotta mentre scrive il messaggio, recitandolo a voce alta, senza pause.

"… Siamo Andrea e Lea."

Chissà Lea. Se la immagina, lì a farle da spalla, un po' spaurita e poco convinta di quello che stavano facendo.

E poi la convivenza, la cantina, la Smemo, il filtrino di Tormento.

Si ritrova a ridere da sola nel buio, in ricordo di quella vacanza e di quel concerto.

Mio Dio lei è bella come una coccinella / sguardo profondo e luminoso / è una stella che splende e risplende / in questa buia vita di ogni giorno…

Niente è meglio del suo sorriso / che mi aiuta se ho bisogno in un momento / 823168... Ciao, sono Tormento.

Avevano sperato con tutto il cuore fosse davvero quello il numero, e a dire il vero una volta avevano anche provato a comporlo ingenuamente, inseguendo il miracolo, con il prefisso di Milano davanti, ma aveva risposto un vecchio incazzato e mezzo sordo che le aveva prontamente riportate alla realtà.

Lea amava quella canzone al punto da dedicarle il suo primo tatuaggio. Il suo atto di ribellione, il suo "sono diventata grande", ma sempre alla Lea maniera: mentre impazzavano tribali sopra il culo e vortici con punte taglienti altezza ombelico, lei aveva scelto una piccola coccinella sul polso sinistro, così semmai, sempre previdente, avrebbe potuto coprirla con l'orologio.

Tutto rigorosamente fatto di nascosto, nonostante fosse ormai maggiorenne.

Andrea, come sempre, si era fatta travolgere dall'entusiasmo.

«Potremmo farne uno uguale tutte e tre, no? Come segno di amicizia! Così saremo unite per sempre e ogni volta che lo guarderemo ci ricorderemo di questo giorno!»

La missione si era rivelata impossibile. Erano troppo diverse per trovare un soggetto e un punto del corpo che andasse bene per tutte. Lea insisteva con la piccola coccinella sul polso, Andrea si era fissata con gli ideogrammi giapponesi e Viola con una margherita dai petali azzurri che aveva sognato una notte.

Erano finite in un centro in corso di Porta Ticinese, le aveva accolte un ragazzo con dei dread lunghi come liane, il piercing sulla lingua e le braccia interamente ricoperte di tatuaggi. In sottofondo, i Nirvana a volume assordante e odore di marijuana.

Avevano passato l'intero pomeriggio a sfogliare album dalle pagine plastificate piene di soggetti diversi, accompagnate dal *bzzz* dell'ago sulle pelli altrui. Nel frattempo erano diventate amiche di chiunque, dai proprietari alla ragazza con gli occhi di ghiaccio che si stava tatuando un'enorme sirena sul ventre.

Andrea la fissava imbambolata con la bocca aperta.

«Andrea, smettila!» la redarguiva Lea.

«No, ma l'hai vista? È bellissima.»

«Sì ma tu smetti di fissarla, penserà che sei una stalker.»

«Tutt'al più lesbica» precisò Viola. «Peccato che in realtà si voglia fare il rasta.»

«Ragazze, che vi devo dire, mi sono innamorata! È un bono pazzesco, e poi guardate com'è dolce anche con il suo cane!» (Un pitbull dal collare con le borchie appuntite e la coda mozzata.)

«E certo, ti sei innamorata, tanto per cambiare! Questa settimana dovremmo essere a quota quattro!» commentò Lea ridendo.

«Bugiardaaaaaa! Chi sarebbero, sentiamo?»

«Il barista con il piercing sulla lingua dell'Atlantique» esordì prontamente Viola.

«Il chitarrista di strada sui Navigli» incalzò Lea.

«Il cugino di Marco quinta B con i ricci sugli occhi» replicò ancora Viola. «Ah, e il pr della Sardegna ripescato all'aperitivo!»

«Sì ma che c'entra, quello non vale, lo amavo già dalla scorsa estate» si difese Andrea. «E comunque siete due stronze! Sono innamorata dell'amore, che vi devo dire...»

«Sì, sì, proprio dell'amore...» le rispose maliziosamente Viola, indicandole con gli occhi un disegno del *Kamasutra* nell'album plastificato.

Scoppiarono a ridere tutte e tre insieme. A Lea era partita la risata a stantuffo, quella che non si fermava mai e che generava un effetto domino di crampi alla pancia e lacrime. Anche la ragazza con gli occhi di ghiaccio si era fatta contagiare, e si ritrovarono tutte lì a ridere, senza riuscire più a respirare e senza ricordarsi neanche perché.

Alla fine della giornata era andata come preventivato: coccinella sul polso per Lea, ideogramma giapponese simbolo dell'allegria per Andrea, al centro della schiena, e margherita con i petali azzurri per Viola... sull'inguine.

Martino andò a prenderle che si era fatta già sera, con la Vitara di seconda mano, regalo dei suoi genitori per la patente. Salirono in macchina tutte eccitate, con le loro bende incremate di vaselina, urlando e parlandosi l'una sopra l'altra per raccontargli tutto.

Viola si piazzò davanti, mentre Andrea in totale delirio gli abbracciava la testa da dietro e gli raccontava del bono coi dread di cui si era innamorata.

«Be', strano, Andrea, oggi siamo a venerdì ed eravamo ancora solo a quota quattro» le rispose ridendo Martino.

«Il pr della Sardegna ho già detto che non vale!» disse lei, dandogli una scappellotto in testa.

Lea, in silenzio, era già entrata in fase "i miei mi ammazzeranno".

Viola fumava Marlboro Light guardando fuori dal finestrino, con le All Star appoggiate sul cruscotto impolverato e gli occhi semichiusi.

«E tu, Viola? Dove lo hai fatto alla fine?»

Viola abbassò leggermente i jeans, staccando lo scotch della garza e scoprendo il pezzo di pelle.

Martino ci poggiò gli occhi e arrossì nel buio.

Il telefono vibra sul comodino facendo sobbalzare Viola.

«Damiano.»

«Baby, cos'è questa voce? Sembri arrivata dal Sottosopra.»

«Be', sì, ho avuto una nottata un po' turbolenta.»

«Cos'è successo? Qualcosa non va al lavoro?»

«No, no, tutto bene al lavoro.»

Viola sente un bisogno impellente di raccontare, ma nello stesso tempo ha paura, come se tenendo per sé quell'universo di emozioni potesse riuscire a non renderlo reale.

«E allora? Cos'è che non ti ha fatto dormire?»

«No, è che... Ti avevo mai parlato di Andrea e Lea?»

«Di chi?»

«Niente, lascia stare.»

«Erano le due candidate al colloquio per farti da assistente?»

«Le ottooo??? Di già? Devo scappare, Damiano, ho una riunione fra tre quarti d'ora e sono ancora in pigiama!»

«Come sei sexy in pigiama... mi verrebbe una certa voglia...»

«Ci sentiamo dopo, scemo.»

Corre velocemente sotto la doccia cercando di lavare via tutti quei pensieri attorcigliati, ma più prova a respingerli più si insinuano, invadenti, in ogni spiffero del suo cuore.

Ha fatto di tutto per costruire una nuova Viola, per allontanare il passato, e adesso quel messaggio le è piombato addosso con tutta la sua violenza, una finestra sbattuta dal vento.

No, non risponderà.

O forse ha solo bisogno di rifletterci un po' su.

9
Martino

«Ci vediamo più tardi al KD che devo raccontarti una cosa? Grande! Facciamo per le sette, ci beviamo una birra e poi se ci viene fame mangiamo qualcosa. Nico non c'è, è a suonare.»

Andrea chiude la telefonata e si rimette a scrivere. Deve consegnare un pezzo entro la giornata: la classifica dei migliori film del mese, per quella testata free press che le piace tanto, l'unico giornale con cui ha deciso di continuare a collaborare.

Con Martino si vede praticamente tutte le settimane, tranne qualche periodo in cui o lei non ha proprio tempo, o lui non sta particolarmente bene e si chiude a riccio nel suo malessere.

Martino è il suo migliore amico da sedici anni. È una di quelle poche persone che la conoscono e la amano per quella che è. Ha visto ogni suo lato, vissuto ogni suo umore. L'ha cazziata senza ritegno per il tempo che perdeva dietro «all'ennesimo coglione, che palesemente ti vuole solo trombare», l'ha riportata a casa sana e salva ogni volta che facevano baldoria insieme. L'ha difesa, l'ha coccolata, l'ha vista piangere singhiozzando e la fa sempre ridere.

Andrea è la custode di tutti i suoi segreti, anche quelli che si dicono solo agli amici maschi. Perché Martino sa che a lei si può dire tutto, Andrea non giudica. Striglia, ma non giudica.

Si sono conosciuti alle superiori. Dopo la fine della storia con Matteo, che Andrea considerava il suo personale D-Day, Martino per lei era diventato una specie di trofeo. "Hai visto, stronzo?" sembrava dire al suo ex. "Anche se mi hai lasciata i tuoi amici continuano a vedermi. Loro non vogliono perdermi, a differenza tua."

Martino in realtà si era rivelato molto più che un semplice trofeo. Se c'era lui, era tutto sotto controllo. Perfino i genitori erano più tranquilli, quando sapevano che c'era Martino.

Epica era stata la festa di laurea di Andrea in una delle storiche discoteche di Milano, l'Atlantique. Aveva un tavolo riservato, tanti invitati e una tuta nera bellissima da sfoggiare, c'erano anche i suoi genitori. Si erano divertiti tantissimo e avevano bevuto altrettanto. Alla fine sua madre, prima di andar via, si era rivolta verso Martino e gli aveva detto: «Non farla bere più che ha la lingua gonfia, e riportala a casa tu».

«Certo, signora, non si preoccupi» aveva risposto lui. «Ma invece chi riporta a casa lei, che suo marito è al terzo mojito?!»

Andrea chiude il pezzo, ma si accorge di non aver ancora cercato le foto per l'articolo. Entro sera difficilmente l'ufficio stampa riuscirà a mandargliele. Invia una mail di scuse e cerca di stemperare dicendo che domani ha la video-intervista con quella giovane attrice rivelazione, "ha accettato anche la cover, intanto la pubblichiamo sul sito".

Scrivere è sempre stata la sua passione, parlare con la gente anche. Finita l'università, non sapeva che cosa fare. C'era la crisi. Anzi, iniziava la crisi. Era l'anno del fallimento della Lehman Brothers, il 2008. Andrea aveva appena concluso gli studi, mandato un miliardo di curricula a chiunque e ovunque: case discografiche, gruppi editoriali, radio e distribuzioni cinematografiche. Voleva scrivere e recitare.

Andare a Roma al Centro Sperimentale ormai non poteva più farlo, i suoi erano stati chiari: «A Roma noi non possiamo mantenerti». Si faceva bastare, intanto, il suo teatro. Una compagnia amatoriale che metteva in scena solo opere classiche. Obbligava i suoi amici a sorbirsi cinque atti di *Riccardo III*, un atto unico dei *Demoni* di Dostoevskij, *Le Troiane* di Euripide. «Io esco solo nel secondo atto, per un paio di scene che in totale dureranno quindici minuti… ma lo spettacolo è bello, eh?» Una volta un suo amico le aveva mandato un messaggio dicendole che le voleva un sacco di bene, ma che dopo la sua scena se n'era andato perché non ce la faceva più.

Alla fine, quindi, dopo la laurea Andrea era andata a lavorare nell'agenzia di marketing e comunicazione gestita da due sue cugine. Scriveva pezzi sul turismo, e si divertiva anche, ma poi, con la crisi, l'agenzia non riusciva a sostenere una persona in più e l'aveva lasciata a casa.

Era finita in una web tv, nel periodo in cui sul web investivano e credevano in pochi. Sapeva di essere sul mezzo giusto per il futuro, eppure era costretta a tornare indietro per cercare di affermarsi. Scrivere sulla carta era il vero *plus*, il web non se lo calcolava nessuno, non ancora. Seguiva il cinema e la musica, le sue grandi passioni, ma il suo sogno era diventare una penna del giornalismo italiano… Finché non aveva scoperto il mondo del giornalismo italiano. Aveva scritto per settimanali e mensili importanti, coltivato relazioni e contatti, portato a casa tanti complimenti e tante pacche sulle spalle. Aveva cercato di accettare, sempre fallendo, quel mondo in cui tutti si arrogavano il diritto di definirsi giornalisti e la libertà di pagarti, se andava bene, quattro, fottutissimi, soldi. A novanta o centoventi giorni.

Andrea ha vissuto in tutto e per tutto il tracollo dell'editoria. Ha sperato che prima o poi qualcosa cambiasse, e invece niente cambiava mai. Ma lei, come tantissimi altri freelance del settore (e, più generalmente, altri trentenni nelle sue stesse condizioni), non si è mai data per vinta. Ha iniziato ad appassionarsi a quei posti di Milano dove potersi fermare per lavorare senza limiti di tempo. Quando sei freelance e sei tu a inventarti il lavoro, la primissima cosa che NON devi fare è stare a casa. Truccati, vestiti, prendi il tuo bel computer ed esci. Vedere gente, incontrarne per caso, pranzare con quell'amica e bersi poi una birra in compagnia fa benissimo e, soprattutto, crea opportunità.

Poi si è inventata, insieme a Lea, un progetto online dove pubblicare le storie di chi ha lasciato tutto per cambiare vita. Niente di drammatico, anzi, la parola chiave è sempre quella che ha contraddistinto la sua intera esistenza: ironia. Sogna, prima o poi, di scriverci un libro e di realizzarci un documentario. I soldi però non sono mai tanti. Ormai Andrea ha superato la fase di non ritorno: quella in cui passi le giornate a fare recupero crediti (dove per crediti si intende sempre quei quattro fottutissimi soldi) e cerchi di proporre la sagra del fagiolo rosso a «Vogue» sperando ci trovino uno slancio creativo, o di infilarti all'ennesimo festival del cinema, dove "Ok, va bene, facciamo che mi fai un reportage da sola, con la tua videocamerina, senza operatore, senza viaggio né alloggio pagato. Ah, il costo del montaggio ovviamente è a carico tuo".

Di recente, però, è arrivata una buona notizia: grazie al progetto web è stata contattata da una producer super figa che le ha chiesto di lavorare come autrice in una trasmissione tv: «Avremmo bisogno di persone come te» le ha detto. «Che sappiano che cosa voglia dire stare in una redazione, che siano capaci di scrivere e che abbiano voglia di faticare.»

Il progetto partirà a settembre, quindi, questo è proprio il momento giusto per fare il viaggio. In cuor suo, Andrea sa che sarà l'ultimo colpo di testa che potrà permettersi. Al ritorno, comincerà una vita diversa: sta andando a vivere con Nico per costruirsi un futuro come famiglia, dovrà dire addio alla sua piccolissima e costosissima casa sui Navigli e avrà un impiego più o meno fisso, con un'entrata economica dignitosa.

L'idea del viaggio la gasa talmente tanto che si è già messa a ipotizzare le tappe. Ogni due per tre riapre

Facebook per vedere se Viola ha risposto. Sotto il messaggio è apparsa la parolina "consegnato". Ha letto, ma non risponde.

Andrea si accorge troppo tardi che sono già le sette. Come sempre, è in ritardo mostruoso. Raccoglie il computer, l'agenda, il quadernino e le sue mille penne colorate, poi si fionda verso lo scooterone.

Che bella la primavera che sa già d'estate. Che bella l'aria che ti arriva in faccia quando sei in moto.

Martino sta parlando con i proprietari del locale, Frankie e Ste, in filodiffusione suona Big Sandy & His Fly-Rite Boys con *Chalk It Up to the Blues*. Appena vede Andrea, scende dallo sgabello rosso e la raggiunge ballando. Lei appoggia lo zaino e, cantando con lui, si lascia andare in un super rockabilly. Finita la canzone, col fiatone e un grande sorriso, abbraccia Martino e si siede, a gran fatica per via dell'altezza, su uno sgabello accanto al suo.

Il KD, per lei, Nico e Martino, è il posto dove ti senti a casa. Musica buona, anni Cinquanta o rock dei migliori Ottanta e Novanta, cocktail fatti come si deve e american food curato. Il posto ideale per staccare la testa.

Andrea ordina una birra media e, esattamente come aveva fatto con Lea, il giorno prima, inonda Martino di parole.

«Ti ricordi quando sei venuto a recuperare me, Viola e Lea in quel postaccio dopo il concerto dei Punkreas? Dài, quella sera che avevamo perso l'ultima metro e tu non avevi ancora la patente! Mamma mia, cioè se ti avessero fermato ti avrebbero arrestato. Pensa che bello però, avresti potuto raccontare di essere stato in carcere per una notte, come succede nelle serie tv americane!»

«Ecco, sì, Andrea, hai detto bene, accade solo nei film. Se mi fosse davvero successo mio padre mi avrebbe ucciso, e poi io avrei ucciso voi, stupide sedicenni che per colpa di due australiani avete rischiato la punizione della vita!»

«Pensa ai genitori di Lea, se l'avessero scoperto...»

«Che poi che cazzo ci facevano due australiani al concerto dei Punkreas?»

«Ma veramente!»

«Mamma, quella sera Viola era insopportabile, si era fissata con quel biondino e m'ha costretto pure ad accompagnarlo, dove cazzo stava?»

«In via Padova.»

«Ah sì, solo lei.»

«Sai che l'ho sentita?»

«Chi?»

«Viola.»

«Ma va'?»

«Sì, cioè, non l'ho proprio sentita, le ho scritto, cioè le abbiamo scritto io e Lea per convincerla a partire.»

«A partire per dove? Ma se non vi vedete da anni...»

«Infatti! Ho ritrovato una Smemo in cantina dai miei e in una pagina c'era la lista.»

«Che lista?»

«Una roba nostra che avevamo fatto per scherzare una volta, tipo le quindici cose da fare prima dei trent'anni. Idea di Viola, tra l'altro.»

«Ah.»

Martino non reagisce con l'entusiasmo che si aspettava Andrea, quasi si incupisce, si alza di scatto e va verso l'uscita.

«Be'? Ma non mi dici niente? Che cazzo c'hai adesso? Ti ha scritto Chiara che la ceralacca la vuole d'oro invece che rossa? Che vuole le peonie e non le ortensie?»

«No, sto solo uscendo a fumare.»

«Che equivale a dire che di quello che ti ho raccontato fino a ora non te ne fotte un cazzo.»

«Oh madonna Andrea, stai calma.»

«E dài, quindi? Cosa ne pensi?»

«Che Viola non verrà mai.»

10

Messaggio inviato

Ciao Andrea, come stai? È un piacere risentirti, quanto tempo. E Lea? Spero di trovarvi bene.
Mi piacerebbe rivedervi qualche volta, però è davvero un periodo incasinato con il lavoro e non ho mai un attimo di tempo. Magari nel primo momento meno *full* vi scrivo io e organizziamo una colazione o un brunch. Che dite?
Un bacione e a presto.

Viola

Si odia. Si odia e non si riconosce in quelle parole, ma è convinta che costruire un muro di formalità l'aiuterà a proteggersi.

Non è pronta. Chiude Facebook e fine della storia.

11

Losing My Religion

«Io te lo giuro se la becco in giro… anzi no, non aspetto di beccarla, la vado proprio a prendere. Voglio guardarla negli occhi e dirle: "Ma quanto cazzo sei sfigata? Ma ti sembra il modo di rispondere? Ma ce la fai?".»

Viola ha risposto.

E il riscontro non è stato affatto quello immaginato da Andrea.

Si sta preparando per uscire. Passa dal bagno alla camera gridando le peggio cose, si mette la camicetta azzurra, si guarda allo specchio, infila quella scarpa rossa, torna allo specchio zoppicando, si riguarda, si gira verso Nico che si sta vestendo a sua volta e ricomincia a gridare contro Viola.

Così per almeno due cambi di look, fino a quando

Nico, con la sua calma inviolabile, si infila il giubbino e le dice: «Scendo a prendere la macchina, ti aspetto al meno uno».

«Sì, ma io ti stavo parlando!!!»

«No, Andrea, tu stavi solo gridando. Muoviti che facciamo tardi!»

Col rossetto in mano e la faccia attaccata allo specchio del bagno, Andrea continua a pensare a quella risposta fastidiosissima.

A Nico ha spiegato tutto, gli spiega sempre tutto, anche quelle cose che forse lui non vuole sapere. Gli ha raccontato di Matteo, non ha fatto una piega quando è andata al suo matrimonio e ha pianto per tutta la sera. Sa che è stata libera, liberissima di viversi i suoi vent'anni come meglio credeva.

Sono così diversi, sotto quel punto di vista, che forse è proprio per questo che stanno bene assieme. Andrea, un uomo come lei, non lo reggerebbe. E viceversa. Sanno entrambi che se si fossero incontrati dieci anni fa non si sarebbero minimamente calcolati. Nico conosce i colpi di testa di Andrea, sa che è una donna che non si accontenta mai, che ha sempre bisogno di intensità, di sentire le cose in modo assoluto, a volte esagerato.

Ecco perché anche questa storia del viaggio l'ha presa bene. Imprescindibile per entrambi è il tempo per se stessi e per le proprie passioni. Nessuno dei due potrebbe mai rinunciarvi né chiedere all'altro di farlo.

A volte Andrea non tollera il suo modo sempre razionale e maturo di affrontare le cose, la fa sentire un'eterna ragazzina irresponsabile. Ma adesso non è certo per questo che è nervosa, bensì per l'inaspettata risposta di Viola.

Tira giù le tapparelle, prende la borsa e chiude casa. Chiama l'ascensore e cerca il cellulare, che chiaramente è rimasto sulla mensola in bagno. Riapre la porta, corre in bagno e va.

In auto, lungo la strada per il ristorante, si ammutolisce. Nico prova a chiederle cose e lei risponde a monosillabi. Capisce che deve lasciar perdere, collega il cellulare alla presa USB e Spotify parte con l'ascolto shuffle della playlist "La macchina del tempo".

Hello / I've waited here for you / Everlong.

Con il ritornello Andrea torna in sé, alza il volume altissimo e canta a occhi chiusi: «*And I wonder / When I sing along with you / If everything could ever feel this real forever…*».

Trovano un parcheggio che quasi li commuove, blu e vicinissimo al ristorante.

Andrea lascia da parte per un secondo il malumore perché in fondo alla via vede spuntare Bea e suo marito. Anche Bea la vede e iniziano a corrersi incontro gridando come delle galline spennacchiate.

Non si vedono dalla cena di Natale. Una vita, praticamente. Bea non è più tornata in Italia perché, finalmente, dopo anni ha trovato un lavoro di cui si è innamorata: lavora in un piccolo negozio di fiori. Ancora non è in grado di preparare le composizioni velocemente, ma si applica con dedizione. Dublino non è una città facilissima e lei ha sofferto parecchio il fatto di dover lasciare tutto, dove "tutto" significa un contratto a tempo indeterminato in una solida azienda, una casa, una mamma e delle amiche che lei considerava la sua famiglia. Suo marito Alessandro si può tranquillamente definire come l'ennesimo cervello in fuga.

Accettare a trent'anni di lasciare l'Italia per una vita migliore sembra la scelta più facile da fare, e invece ci vuole coraggio e un pizzico di ingenuità. Bea l'ha fatto per amore, consapevole che ci sarebbe stato da lottare.

Tra tutte le amiche di Andrea, lei è la più diretta, le cose non le manda certo a dire, anzi, rischia spesso di essere indelicata. Si scornano parecchio, loro due. Perché si capiscono perfettamente.

Abbracciate come due ragazzine, mentre Nico e Alessandro si aggiornano sul lavoro, arrivano di fronte alla trattoria milanese che hanno scelto per la cena. Entrano e al tavolo trovano, già seduti con un bel bicchiere di vino in mano, Tommi e Lea, Laura e Alberto, Camilla e Giulia – senza marito, perché la babysitter si è ammalata all'ultimo e i bimbi, ancora troppo piccoli per sostenere una serata di chiacchiere hardcore, qualcuno doveva pur tenerli.

Andrea guarda subito Lea e con la faccia incazzata le dice: «Non puoi capire».

Contemporaneamente, tutte si girano verso di lei ed esclamano in coro: «Coooooosaaaaaaa???».

«Ha risposto Viola.»

E di nuovo, tutte insieme: «VIOLAAAAAA???».

Lea alza gli occhi al cielo e le dice di sedersi immediatamente, di stare calma e ordinare da mangiare.

Gli uomini, da quel momento e per il resto della serata, non conteranno più niente, perché c'è qualcosa di molto più interessante di cui discutere. E a loro va bene così.

È giunto il "momento summit". Non l'avrebbero perso per niente al mondo. Sei amiche che si sono conosciute vent'anni prima, chi più chi meno, e che per vent'anni non si sono mai perse. Vietato citare *Sex and the City*. "Magariiii" risponderebbero tutte e sei in coro. La loro storia ha poco a che vedere con le vite meravigliose di Carrie&Co.

Mantenere salda questa amicizia è stata una delle cose più difficili al mondo. Hanno litigato tanto. Lo faranno ancora. Criticheranno ora l'una ora l'altra, in certi periodi si tollereranno e in altri meno. Ma quando una non tollera un'altra c'è sempre una terza che la fa ragionare, una quarta che espone un altro punto vista, una quinta e una sesta pronte a sdrammatizzare. Ciò che per loro è sempre stato importante è il rispetto, la fiducia, la sicurezza di poter contare una sull'altra.

Questa sera l'argomento Viola ha scaldato subito gli animi. Andrea è un fiume di parole, interrotta ogni due per tre da Bea, che ha sempre una domanda da fare e la fa alzando la mano come a scuola. La tavolata si è divisa in due schieramenti: da un lato Andrea, Giulia e Bea, partite in quarta a criticare Viola senza attenuanti. Tutte e tre erano a favore del viaggio, Bea perché vorrebbe farlo anche lei, ma «Cavolo, proprio adesso che ho ingranato col lavoro non posso chiedere ferie»; Giulia perché col suo solito atteggiamento da vittima sostiene che «Almeno con i vostri racconti possiamo sognare anche noi, io ormai non faccio altro che allattare Romeo e preparare pappine verde vomito per Leonardo, con Paolo che vuole trombare ogni sera e io non ne voglio sapere niente. Partirei domani».

Dall'altro lato ci sono Lea, Camilla e Laura – la più indecisa, perché da quando è diventata mamma il suo lato cinico si è smorzato e improvvisamente è diventata sensibile. Solo sul lavoro continua a essere una Lady di ferro. Cerca di calmare Andrea: «Fatelo adesso, questo cavolo di viaggio, perché poi magari rimanete incinte e non partite più, già sarà difficile organizzare gli addii al nubilato che mancano…». Poi la guarda con occhi di fuoco e aggiunge: «Ricordati che se ti sposi che io sono incinta del secondo ti ammazzo».

Camilla è nella versione migliore di sé, da quando si è licenziata da quel posto tutto "wow-amo-top-favola-oh-my-god" ha ritrovato se stessa, con tanto di cammino di Santiago e yoga, che sembra solo un cliché ma invece è realtà. Insieme a Lea, pensa che Viola abbia solo bisogno di essere convinta.

«A trent'anni certi rancori li puoi mettere da parte, ormai hai imparato a capire ciò che conta e ciò che no. Forse adesso è il momento di accantonare l'orgoglio, visto che ti è mancata così tanto.»

«Sì, ma lei però l'orgoglio l'ha sempre fatto vincere. E che cavolo!»

«Non ti puoi incazzare così tanto, Andrea. Non puoi dare per scontato che lei fosse lì ad aspettare che vi faceste vive. Alla fine è colpa di entrambe: lei è sparita ma tu l'hai lasciata andare.»

«Eh no cara mia, io sono stata costretta a lasciarla andare.»

Una volta a casa, Andrea e Niccolò litigano. Improvvisamente lui ha cambiato atteggiamento rispetto a questa storia del viaggio.

«Perché proprio adesso? Non capisco. Da cosa hai bisogno di scappare? Ora che stiamo andando a convivere... Cosa c'è che non va? Cosa ti manca? Forse non sei convinta?»

«Nico, ma cosa cavolo stai dicendo?»

Andrea vorrebbe essere nel suo piccolo appartamento a ringhiera sui Navigli, a fumare sigarette nel soggiorno incasinato, da sola.

Si è struccata velocemente mentre gridava contro Nico, che come sempre la guarda e le dice: «Finché non abbassi il tono di voce io non ti ascolto».

Per tutta risposta, lei esce sul balcone.

Prende il cellulare, apre YouTube, cerca "quella" canzone. Poi la manda a Viola.

12

Ce l'ho / Manca

"Tacco sì, tacco no. No, tacco no. Stivaletto basso e gonna lunga. Anzi no, vestitino e stivaletto basso."

Viola continua a guardarsi allo specchio, appoggiandosi addosso i vestiti appesi alle grucce. Con la punta del piede nudo sale e scende come una ballerina per cercare di innalzarsi all'altezza del tacco a spillo che, in finalissima con l'anfibio, si contende il look finale.

Il letto è pieno di abiti accatastati, la scarpiera svuotata dei suoi pezzi migliori. Ha tirato fuori anche le ballerine con l'inserto gioiello che aveva comprato per accompagnare Damiano a un brunch di lavoro sul lago.

Le odia.

Lei e le ballerine non sono mai andate d'accordo, sono quanto di più distante dal suo spirito possa esistere, ma le ha pagate un occhio della testa e per questo non trova mai il coraggio di liberarsene.

È nervosa come non lo è mai stata. Neanche al primo appuntamento con Damiano ci ha messo così tanto a scegliere cosa mettere.

In realtà agli appuntamenti con gli uomini non si sente mai impreparata, si infila negli abiti che la fanno sentire più in pace con se stessa – non importa che siano gonne ampie a palloncino o jeans e scarpe da tennis – e, semplicemente, esce di casa.

Questo appuntamento, però, è diverso.

Di nuovo, di notte, Andrea è tornata con irruenza nella sua vita. Non un testo di risposta, non uno dei suoi soliti "ma ce la fai?", nessuna insistenza per provare a convincerla, solo un link YouTube.

Viola lo ha aperto di getto, dimenticandosi di abbassare l'asticella del volume, facendo partire al massimo quell'accordo di chitarra così familiare.

E poi solo profumi, ricordi, emozioni, quella capacità che ha la musica di riportarti violentemente al passato: *Oh, life is bigger / It's bigger / Than you and you are not me…*

Ha detto sì.

"Ci vediamo giovedì alle 19.00 sui Navigli. C'è un posto carino che fa dei cocktail buonissimi. Si chiama Rita. Vi aspetto lì. Viola."

Da quel momento è stata una continua agitazione interiore.

Non fa altro che pensare a come sarà rincontrarle, se quegli anni di distanza lasceranno il posto solo all'imbarazzo.

La verità è che ha paura di risultare *diversa* ai loro occhi. Della Viola che conoscevano loro ormai è rimasto ben poco.

Sale sulla sua 500 rossa respirando a fondo l'odore dei tigli fino a farlo arrivare dritto allo stomaco.

Cerca il solito, impossibile parcheggio sui Navigli ascoltando Ligabue. Andrea la prendeva sempre per il culo per i suoi gusti musicali, lei che amava il grunge e il rock, ascoltava i Pearl Jam e i Nirvana, doveva poi vedersela con Lea e la sua Pausini, detta anche "la Pausella", e con l'amore di Viola per la musica italiana.

Leggero, nel vestito migliore / senza andata né ritorno / senza destinazione…

Alla fine si arrende alle strisce gialle e alla multa certa, non vuole arrivare in ritardo, ma neanche troppo in anticipo, non vuole ritrovarsi sola ad aspettare e guardare la porta nell'ansia del loro arrivo.

Andrea è una ritardataria cronica, o almeno lo era, magari negli ultimi anni è cambiata. Non può saperlo.

E invece non fa in tempo ad arrivare che, a pochi passi dall'entrata del Rita, si sente letteralmente travolta.

Andrea la abbraccia fino quasi a soffocarla, con le mani strette strette tra la faccia e la testa.

«Violaaaa! Violaaaaaa, che bello! Oddio è bellissimo!»

Viola, immobile, trattiene il fiato in un misto di tensione e imbarazzo, non capisce cosa le stia dicendo la sua testa ma è certa di riconoscere il rumore accelerato del suo cuore.

Alla fine lascia andare l'aria, butta fuori tutti quegli anni di pensieri e lontananza, e si abbandona a quell'abbraccio che le sa così tanto di casa.

"Quanto mi sei mancata."

Da lontano Lea, con il casco in mano e le All Star verdi, la guardava sorridendo e scuotendo la testa, con quell'espressione familiare che significa sempre la stessa cosa: "Lo sai com'è fatta".

Il suo sorriso è rimasto quello, uno dei più rassicuranti che Viola abbia mai incontrato.

«Come stai, piccola nana?»

Viola la chiamava sempre così, Andrea si divertiva e le rispondeva con la voce da cartone animato.

«Sto bene, sto bene, ma ora che sei qui sto benissimo!»

Camminano abbracciate verso Lea, poi si abbracciano tutte e tre, con Andrea che al solito fa da collante di persone e sentimenti.

Una compagnia di ragazzini passa loro accanto: «Uè! Facciamo una cosa a quattro? O anche a cinque, sei, sette, se volete! Belle milfone!».

«MILFONE??? Ma come ti permetti!» gli grida dietro Andrea. «Per tua informazione qui nessuna è madre, quindi milf cosa? Cretino!» Poi si gira subito verso Viola: «Oddio, tu sei madre? Forse lo sei e non lo sappiamo!».

Viola sorride abbassando gli occhi. «No, no tranquille, confermo. Niente milf neanche qui.»

«Ecco appunto, quindi pedalare!»

«Oh stai calma zia!»

La devono portare dentro, perché dopo il "milf" vorrebbe contestare anche il "zia", ma alla fine Andrea è talmente felice ed eccitata che se la fa passare subito.

Hanno ordinato tre cocktail diversi, mille cose da mangiare, e piano piano iniziano a ritrovarsi. Gli anni passati, i rispettivi lavori, lo stato sentimentale, gli ultimi accadimenti: si raccontano tutto, senza scendere troppo nei dettagli.

Andrea e Lea fanno fatica a riconoscere il percorso della loro amica. In quello che fa, in chi è diventata, nell'uomo che ha accanto, non c'è alcuna traccia della Viola di allora.

«Be', allora? Ditemi cosa vi è saltato in mente!» esclama Viola sorseggiando il suo mojito.

«A me niente!» risponde prontamente Lea. «È la solita matta furiosa, qui, che prende iniziative e ci tira dentro tutti come un ciclone.»

«Ma smettila, che non vedevi l'ora anche tu di dare una svolta alla tua vita!» controbatte Andrea. «Be', insomma, quindi ero nella cantina dei miei perché mi hanno minacciata di buttare via tutta la mia roba. Tanto anche nella casa dove andrò con Nico c'è una cantina, quindi semmai sposto tutto di là, lo sapete che io odio buttare le cose... Comunque, dicevo, ho ritrovato di tutto. Di tutto, Viola! Dalle cartoline dell'Absolut ai biglietti dei concerti, perfino la scatola di Matteo!»

Viola scoppia a ridere. «Non ci credo! Quella scatola della Camomilla con dentro i Baci Perugina avariati che ti aveva regalato per il primo San Valentino?»

«Sììì! E non sai che ricordi! Quante lettere smocciolate dal pianto, il campioncino del suo profumo, le cartoline di Diddl! Ma la cosa più incredibile è che in mezzo a tutto questo ho trovato *lei*.»

Tira fuori la Smemoranda da un sacchetto di tela che teneva appeso alla sedia da tutta la sera. È alta come l'Empire State Building. L'ha legata con un grosso elastico, terrorizzata all'idea di perdere uno dei mille scontrini/cartoline/lettere/bigliettini custoditi al suo interno. La copertina è completamente ricoperta da scritte con l'Uni Posca e le penne gel colorate, adesivi e ritagli di foto sigillati da scotch trasparente.

La loro Smemo.

Quella che tenevano in condivisione a turno, in base ai giorni della settimana.

Lunedì e martedì Lea.

Mercoledì e giovedì Viola.

Venerdì e sabato Andrea.

La domenica era random, se la scambiavano in base agli eventi più o meno significativi che accadevano nella vita di ognuna.

«Ragazze, non ci posso credere!»

Viola è stupita e divertita, e anche un po' emozionata. Riconosce la sua calligrafia dei quindici anni, quelle palline sulle "i" con cui a un certo punto si era fissata per distinguersi dalla massa, la fototessera di loro tre nell'angolo in alto a destra della copertina. Quegli orrendi occhiali da sole piccoli e stretti, il rossetto color mattone che la faceva sentire adulta.

Andrea con il piercing al naso e Lea con la ciocca viola fatta con la bomboletta spray.

Ma quanto tempo è passato?

«Ma la cosa che mi ha portato a essere oggi qui, ragazze, è questa.» Andrea ha cambiato tono. È entrata nel mood recitativo di quando sta per raccontare qualcosa di epico: «La LISTA! Proprio lei, quella delle quindici cose da fare prima dei trent'anni!».

Viola scoppia a ridere. «Oddio, vi prego, me ne ero completamente dimenticata!»

Ad Andrea parte la risata isterica da super eccitazione, mentre Lea alza gli occhi al cielo.

«Ok, quindi siete pronte? Vado? Leggo? A ognuno dei punti dovremo rispondere con: «"Ce l'ho" o "Manca".»

1) Essere state con almeno 5 persone diverse

«Be', cominciamo con grande maturità!» risponde Viola ridendo.

«Ok, ce l'ho per tutte!»

2) Ballare con Jo Squillo

«Ma che punto è questo?» commenta subito Andrea, mentre a Lea parte in automatico la risata a stantuffo, quella da cui non riesce più a riprendersi.

«Ragazze, sono già ubriaca.»

«Ma Lea, hai bevuto solo uno spritz!» le dice Viola divertita. «Sei ancora messa così? Che non reggi niente?»

«Eh ma sono sveglia da stamattina alle sei, e poi sapete che a me basta una bir-raahahahah.»

«Cominciamo bene, e siamo solo al punto due... Dài ragazze, shhh! Vado avanti!»

«Comunque Jo Squillo manca» puntualizza Viola, ridendo ancora.

3) Farsi una foto sotto casa dei Take That

«CE L'HO. Plumbley 1998. Viaggio indimenticabile!»

4) Sposarsi

«Be', questa ce l'ha solo Lea. Dài, una su tre è comunque un risultato!»

5) Scrivere a un ex che era un disastro a letto (anche se non è vero)

«Manca.»

6) Andare a un concerto di Cremonini e limonarlo

«Eh, questa manca purtroppo. E comunque Cesare oggi è diventato ancora più figo! Quindi direi di mantenerlo come obiettivo di vita!» Andrea fa un cerchio intorno al punto sei.

7) Perdere la verginità con l'amore vero

«Questa ce l'ho per tutte! Io con Matteo…»

«Io con Ema…»

«Ah, no, aspetta, Viola no! Ma come hai fatto a darla a quel cretino di Alessio di quinta B?»

Viola sposta lo sguardo dai suoi occhi e tergiversa.

«Va be', dài, andiamo avanti, non è importante!»

8) Fare il bagno nude

«Questa se non avevamo il coraggio di farla a quindici anni figuriamoci adesso!»

Lea sta già mettendo le mani avanti, l'idea che qualcuno possa vederla compiere un atto così sfrontato la imbarazza terribilmente.

Ci avevano provato una volta durante una vacanza in Liguria, ma la regola era "o tutte o nessuna", e lei si era tirata indietro.

Quindi nessuna.

«TU Lea non hai mai trovato il coraggio di farlo, quindi non lo abbiamo mai fatto!» le ricorda infatti Andrea. «Perciò segniamo: manca.»

9) Avere almeno 2 figli

«Be', certo, *almeno*! Quanto eravamo ambiziose!» commenta Lea. «Come se i figli poi arrivassero così, quando decidi tu…»

Ci sta riprovando con Tommi, ma senza troppa convinzione. L'idea di mettere al mondo un figlio continua a far parte delle sue svariate paure.

Viola resta in silenzio. Ripensa a tutti i tentativi con Damiano, a quei test negativi, a come alla sua età si fosse da sempre immaginata sposata con due figli, non alla disperata ricerca di una gravidanza con un uomo divorziato.

«Viola? Tutto bene?»

Andrea non ha perso la sua capacità di leggerle nei pensieri.

«Sì, sì tutto bene. Penso solo alla tenera ingenuità dell'adolescenza.»

«Ok, vado avanti» le risponde l'altra, non troppo convinta di quella spiegazione.

10) Andare sotto casa di Lollo di quarta B, dirgli che è un figo e scappare

«Ahahahhaha! No ragazze, muoio!»

Lea riparte con lo stantuffo.

«E adesso chi la ferma più!» dice Andrea con una mano sulla fronte. «Ok, Lollo quarta B manca.»

11) Fare il lavoro dei propri sogni

«Ecco, qui siamo tutte precarie e disgraziate! Io sognavo di fare l'attrice e sono qui a inseguire prestigiose testate che devono ancora pagarmi trenta euro lordi per il mio ultimo pezzo nonostante siano trascorsi abbondantemente i novanta giorni. Fanculo!»

«Be', io praticamente faccio la grafica part-time e guadagno poco più di una stagista al suo primo lavoro, e ogni volta a fine mese è un disastro!» ribatte Lea.

«Ma soprattutto tu, Viola, come cazzo ci sei finita a lavorare da Prada?» Andrea questa svolta fashion di Viola proprio non riesce a spiegarsela. «Cioè, tu volevi essere come Helen Hunt in *What Women Want*! Una creativa pubblicitaria brillante che trova le idee geniali per gli spot durante il sonno!»

«Non lo so, ragazze, a volte la vita prende pieghe strane. E poi dài, non è così male.»

«Sarà» risponde Andrea. «Comunque, procediamo!»

12) Limonare uno sconosciuto, meglio se straniero

«Io il bono straniero ce l'ho in lista: Rodrigo, il fidanzato spagnolo» dice Viola. «Quindi tocca a voi due.»

«Bella, il fidanzato spagnolo per quanto ci riguarda potrebbe essere tutta una finzione. Noi non l'abbiamo mai visto. Quindi siamo tutte in gara.»

«Ma non è una garaaaaaaaaa» si oppone Lea.

«Era per dire…» si difende Andrea. «Io segno, eh.»

13) Avere una casa propria

«Vale l'affitto?»

«No.»

«Ok, allora manca.»

14) Confessare un segreto segretissimo alle tue migliori amiche

«Mmmmhh, manca! Abbiamo talmente tante cose da raccontarci...» Andrea fa una pausa e riconquista il tono teatrale: «E adesso, ultimo punto, ma non per importanza. Rullo di tamburiiiii...».

15) Fare un viaggio tutte e 3 insieme senza meta

«Be', direi che anche quest'ultimo punto ci manca» dice sorridendo Viola.

«Sì, fino a oggi...»

Andrea lascia la frase a metà, per aria, per provare a lasciar intendere a Viola il motivo per cui si trovano tutte e tre lì in quel momento.

Lea ritrova immediatamente la lucidità dopo la breve sbornia e sente l'agitazione salire, consapevole che il momento si sta avvicinando.

«Cosa vorresti dire, Andrea?» domanda Viola, socchiudendo gli occhi.

Andrea prende fiato e coraggio, poi parte con il solito fiume inarrestabile di parole: «Pensaci, Viola, è tutto un segno del destino, io che vado a convivere, scendo in cantina, trovo la Smemo, la lista, poi ti cerchiamo, ti troviamo, ed eccoci qui! Noi tre, di nuovo insieme, con le nostre vite diverse ma dentro il nostro cuore sempre le stesse. Io lo so che siamo sempre le stesse! A sedici anni pensavamo che i trenta fossero un traguardo e invece adesso che abbiamo trent'anni, sì ok quasi trentacinque, i trenta sono solo l'inizio! I trenta sono i nuovi venti, cioè forse venticinque, ma insomma, perché non possiamo fare questa cosa insieme? Siamo vecchie? Siamo "arrivate"? Questo è il momento in cui tutto è possibile, in cui possiamo cominciare e ricominciare, insomma, partiamo! Partiamo tutte e tre insieme, facciamo questo viaggio! Cosa abbiamo da perdere?».

Alla fine ha il fiatone, non ha dato modo di ribattere.

Viola è attonita. Si gira lentamente verso Lea come a dire: "E tu? Non dici niente?".

Lea è spaventata, sa della promessa che ha fatto ad Andrea, ma non avrebbe mai immaginato che a un certo punto si sarebbero davvero ritrovate lì, tutte insieme, a discuterne sul serio. Con voce tremante risponde: «Io ho detto ad Andrea che sarei partita solo se avessi accettato anche tu».

«Voi siete matte!»

Il tono di Viola è perentorio e Lea tira immediatamente un respiro di sollievo. Sogna quel viaggio da sempre, ma la verità è che tutto quell'ignoto la manda in totale agitazione, non si sente in grado di reggere il peso di un atto così estremo, e soprattutto teme l'odiosissimo "te l'avevo detto" di sua madre nel caso in cui qualcosa, anche minimo, vada storto.

«Viola! Ma dove sei finita? Cosa ne è della Viola che conoscevamo? Tu per una cosa del genere ti saresti buttata nel fuoco! Cazzo, adesso lavori nella moda, ma ti rendi conto?»

Andrea ha cominciato a innervosirsi e straparlare, cosa che succede sistematicamente ogni volta che le cose non vanno come vorrebbe lei.

«Andrea, avevamo quindici anni! Capisci che non è pensabile partire così d'improvviso? Mollare tutto e "ciao, noi andiamo"? Io ho un lavoro, delle responsabilità, e anche voi. Non siamo più delle ragazzine.»

"Già" pensa, mentre si ascolta dire tutte quelle cose così razionali e scontate. "Che fine ha fatto *quella* Viola?"

Andrea ha messo su la faccia da cane bastonato e ha cominciato a prendersela anche con Lea: «Be', certo, tu stai zitta, vero? Non vedevi l'ora tanto!».

«Non è che non vedevo l'ora, però non credere che sia una decisione così leggera da prendere e...»

«Sì, non vedevi l'ora, come quando non ci siamo fatte il bagno nude in Liguria!»

Viola si mette di nuovo a ridere. «Ti è rimasto proprio sul groppone!»

«Be', comunque siete le peggiori amiche di sempre» insiste Andrea con la voce delusa, sperando di provocare in loro almeno un barlume di senso di colpa. «E su di te, Viola, aveva ragione Martino. Ah, che ti saluta, tra l'altro.»

Viola sobbalza sulla sedia, non era pronta a quel nome improvviso, ma fa finta di niente, sorridendo di tenerezza di fronte agli occhioni da Gatto con gli Stivali di Andrea.

«Ragazze, io sono già felice così» conclude. «Ci siamo riviste, abbiamo ricordato i tempi passati, abbiamo ritrovato anche la nostra Smemo! Adesso magari non perdiamoci, già questa sarebbe una grande conquista.»

Passano il poco tempo rimasto a parlare del più e del meno, Andrea ormai ha perso tutto l'entusiasmo iniziale, ma dentro di sé è così felice di aver ritrovato Viola dopo tutti quegli anni che cerca di farsi bastare quella serata di ricordi ed emozioni, accantonando il pensiero del viaggio.

Si salutano abbracciandosi forte, promettendosi di non riperdersi nel groviglio delle loro vite.

Viola cammina lentamente verso la macchina ripensando a ogni momento di quell'incontro. Per la prima volta dopo anni si è abbandonata a se stessa, senza pensare a nulla.

Ha riso di gusto, di quelle risate vere, sincere, che non hanno bisogno di altro.

Si domanda più volte in cosa avrebbe ragione Martino, ma subito scaccia via il pensiero, rinfilandolo in un cassetto.

Sul parabrezza ovviamente trova la multa, ma neanche questo può rovinare la breve sensazione di felicità che le sue amiche di un tempo, senza rendersene conto, le hanno regalato.

Guida ascoltando la sua amata musica italiana, con i finestrini abbassati per fare entrare la brezza primaverile in ogni angolo dell'auto e di sé.

Si ferma al semaforo di piazza della Repubblica e, voltandosi verso l'auto accanto, viene trafitta da un'immagine tagliente.

Damiano e Marta. In macchina insieme.

Lei in lacrime, lui con una mano sulla sua, come a cercare di rassicurarla.

È l'una di notte. Le aveva detto che avrebbe avuto

una cena di lavoro e che probabilmente sarebbe andata per le lunghe.

La rabbia le offusca la vista. Damiano, come sentendosi osservato, si gira di scatto e incrocia il suo sguardo.

Gli occhi lucidi da lacrime nervose.

Legge nel suo labiale: "VIOLA".

Semaforo verde.

Viola ingrana la marcia e parte sgommando. Guida più forte che può, mentre il telefono continua a squillare disperato e insistente.

«Brutto pezzo di merda, testa di cazzo!»

Entra velocemente in garage e sale le scale correndo, come se fosse inseguita da qualcuno.

Arrivata a casa, si butta sul divano, ansimando per il fiatone.

Prende l'iPhone e trova dodici chiamate senza risposta di Damiano, più diversi messaggi WhatsApp.

"Viola, rispondimi, ti giuro che non è come pensi."

Poi una notifica: "Andrea ha creato un nuovo gruppo".

Oggetto: "Se ci ripensi..."

Foto di copertina: la fototessera anni Novanta di loro tre.

Viola digita freneticamente, d'impulso.

"FANCULO, PARTIAMO!"

13
Ok, si parte!

Non riesce a trattenere l'entusiasmo, non sa da che parte iniziare, chi avvisare per primo, se i suoi o Nico. Nico, deve subito dirlo a lui. Non gliene importa un fico secco, qualsiasi reazione avrà lei risponderà con la sua travolgente esaltazione.

Andrea è in grado di imporre i sentimenti, e quando non ci riesce si arrabbia tantissimo, non accetta che qualcuno non possa provare le sue stesse sensazioni se in quel dato momento crede sia giusto sentirle.

La solita arrogante iperbolica. Come in tante altre occasioni, appena si ritrova da sola dopo aver ricevuto il messaggio di Viola inizia a gridare fortissimo e a ballare scatenata per sfogarsi dopo la follia di questi ultimi giorni.

Convincere Viola era LA missione. Adesso deve solo sperare che Lea non si tiri indietro.

Ma forse stanno facendo solo tanto rumore per nulla, in fondo si tratta di un viaggio in macchina con due amiche, tutta 'sta pantomima per questo? Dove pensano di essere? In una nuova produzione originale Netflix? Che cos'ha di speciale quell'idea?

Be', loro. Loro sono la parte speciale del tutto. Loro tre. Tre amiche da una vita che hanno vissuto gli anni migliori insieme, che si sono difese, comprese e attese. Che sono diventate donne, con storie simili a quelle di tante altre coetanee, e che pure, nella loro semplicità e normalità, rappresentano lo straordinario.

Ecco cosa c'è di unico.

Lea ha visualizzato il WhatsApp di Viola.

Andrea sa che resterà in silenzio per almeno un giorno intero.

Lei, intanto, si è portata avanti, ha chiamato Nico e gli ha riassunto tutto, le è venuto il fiatone da quanto ha parlato veloce.

Nico non ci ha capito niente ma ormai è rassegnato, deve lasciarla andare, altrimenti non ne uscirà vivo. Lo sa. Gli dà un po' noia tutta questa necessità di partire all'improvviso, ma sa che Andrea è fatta così, e forse è un bene anche per lui avere un po' di tempo per sé.

I genitori di Andrea non hanno manifestato troppo

entusiasmo, ma sanno che vietarle di fare qualcosa è pura utopia. L'hanno sempre lasciata libera, si fidano di lei.

Li aveva delusi solamente una volta, quando aveva circa quindici anni e i suoi avevano scoperto che al sabato pomeriggio andava al parco Sempione, dove notoriamente i ragazzi si ritrovavano per farsi le canne. Tornando a casa la sera, sua madre le aveva detto che le conveniva filare immediatamente a letto. Andrea non aveva fatto in tempo a chiedersi il perché che suo padre era entrato in cucina e le aveva piazzato uno di quei ceffoni che si sarebbe ricordata per tutta la vita. Aveva provato a dirgli che lei andava lì solo perché c'era un ragazzo che le piaceva, ma la scusa non aveva avuto successo, anzi, per la primissima volta in tutta la sua vita aveva subito una punizione, la più grave che potessero infliggerle ai tempi: non sarebbe potuta andare al concerto dei NOFX, che aveva sempre sognato di vedere e che finalmente suonavano a Milano.

«E il lavoro?»

Sua madre le pone l'unica domanda vietata in questo periodo.

«Mamma, quale lavoro?»

Conoscono la fatica che ha fatto e sta facendo, la frustrazione del dover accettare una situazione precaria inventandosi sempre qualcosa da fare, ma spesso se ne dimenticano e credono di parlare con un dipendente d'azienda col contratto a tempo indeterminato, le ferie pagate, la tredicesima, la quattordicesima e se va di culo anche gli straordinari.

«Va be', state attente almeno.»

«No, mamma, guideremo come delle pazze a fari spenti nella notte» e continua cantando: «*Per vedere se poi è tanto difficile morireeeeee*».

Sua madre aveva concluso irridendola in dialetto veneto.

Tutt'altra reazione ha avuto la mamma di Lea, che ha scoperto della partenza non da sua figlia, bensì dalla mamma di Andrea.

«Ma porca puttana, non si sentono mai! Dovevano farlo per forza in questi giorni?» impreca Lea al telefono con l'amica.

Anche lei, comunque, non è che l'abbia presa proprio bene. È muta da tre lunghissimi giorni. Muta con Tommi, con la sua famiglia, muta al lavoro. Nella sua testa rimbomba un'unica frase: "Oh cazzo, adesso lo dobbiamo fare veramente".

Pensava di dire a tutti una mezza verità, o una mezza bugia. Ma come ogni volta ha aspettato troppo: sua madre l'ha beccata prima, Tommi ha capito tutto dal giorno uno e i suoi capi l'hanno dovuta prendere da parte per chiederle se andava tutto bene, perché la vedevano «un po' assente». A quel punto si è inventata una scusa da liceale, dicendo che era preoccupata perché non sapeva come chiedere dei giorni liberi per andare a trovare la sua amica depressa in Sicilia, che era stata lasciata una settimana prima del matrimonio. I fratelli Belli Capelli, mossi da un impeto di tenerezza inaspettata, le hanno concesso di partire.

«Comunque porto via il computer, eh, così sono sempre disponibile.»

Sua madre, dopo la scoperta, non si è risparmiata con le preoccupazioni, facendola sentire per l'ennesima volta inadeguata e sprovveduta.

«Dove dormite? Come andate? Che giro fate? Chi guida? E se poi quando torni tuo marito non c'è più? E il lavoro?»

Ma in cuor suo Lea sa che questa volta non le permetterà di sopraffarla.

«Mamma, non stiamo via sei anni...»

«Eh non si sa mai... Datevi il cambio alla guida, però. Avete preso gli alberghi? Quanto spendete? Ma ce li hai i soldi? Certo che tre ragazze da sole in giro, al giorno d'oggi, con tutto quello che succede... Senti, se passi da Campagnano fermati a salutare la zia Iole, che non la vedi dal funerale della nonna.»

«Sì, mamma.»

Suo padre invece le ha dato la risposta peggiore

che si possa dare a una come lei, perché ogni volta le scaraventa addosso una secchiata di responsabilità: «Se sei serena tu».

Quella che ha sconvolto tutti è Viola.

È arrivata in ufficio e, senza nemmeno appoggiare la sua bella borsa firmata sulla scrivania, sotto gli sguardi falsamente distratti dei colleghi è entrata nello studio della responsabile delle risorse umane e ha chiesto l'aspettativa. Scardinando le regole. Ribaltando i pensieri di tutti. Viola la stacanovista si stava prendendo un periodo di pausa? Ebbene sì.

E la pausa se la prenderà anche da Damiano, che per una volta rimarrà senza parole di fronte a questa Viola che non è abituato a vedere, anzi, che non ha mai conosciuto.

Le sembra già di sentire le sue parole per cercare di convincerla a non andare: "Piccola, ma se hai bisogno di riposare ti prenoto la spa del mio amico in Toscana, è la migliore che esista in Italia. Non c'è bisogno di fare questa cavolata con… come hai detto che si chiamano? Tea? Uh, come il cane di Arturo… e l'altra? Ah sì, Andrea. Poverina, con quel nome da maschio chissà che palle ogni volta. Dài, se vuoi posso prenotare per tutte e tre così fai un figurone con le tue amichette".

Come si chiamano, poveretta, figurone, cavolata. Li userà tutti, quei vocaboli di merda, ne è sicura.

Viola è sempre più convinta. Non ha la minima intenzione di sorbirsi quel tono superbo.

È il momento giusto per mettere in pausa la sua vita.

14
La mappa

Organizzare un viaggio a trent'anni potrebbe essere difficile tanto quanto trovare il tesoro di Willy L'Orbo.

"La mappa, giusto, la mappa."

Andrea è andata in cartoleria e ha chiesto una cartina dell'Italia.

«Quale vuole la maestra? Quella per imparare le catene montuose?»

«La maestra di chi?»

«Di suo figlio, signora!»

«Allora, già ho imparato da pochissimo a sopportare il sign… va be'…» "Stai calma Andrea, stai calma…" «No, non quella con le catene montuose, una cartina normale, boh, che ne so, con le regioni colorate, le strade.»

La cartolaia ha capito che doveva assecondarla, le ha dato una cartina generica e fine della storia.

È a piedi, ha voglia di camminare, c'è un sole pazzesco, con tanto di cielo azzurro, che a Milano non bisogna mai dare per scontato.

Pensa a Viola, a quell'abbraccio, al suo vitino magro, ai suoi capelli lunghi e a quel profumo che non si è mai decisa a cambiare. Quando si sono incontrate Andrea l'ha guardata intensamente, ha cercato in quegli occhi marroni profondissimi, capaci di raccontarti tutto ciò che lei con le parole non voleva spiegare, un segno, una storia, la sua Viola.

È vero che hanno ritrovato subito la complicità, l'hanno cercata tutte e tre immediatamente, dal primo secondo, però ripensandoci, adesso, continua a non capire perché si fossero perse per strada.

Col passare degli anni avevano lasciato vincere il tempo. Viola era partita per la Spagna quasi subito dopo la maturità. Tornava spesso in Italia, una volta Andrea era anche andata a trovarla, ma poi, piano piano, le visite avevano iniziato a diminuire – gli esami, l'Erasmus, i primi stage, il fidanzato spagnolo, Andrea e i suoi innamoramenti temporanei per amiche che duravano il tempo di un battito di mani. Andrea aveva anche cercato di mantenere il rapporto a distanza, fino a quando aveva intuito che Viola voleva essere lasciata in pace.

Viene distratta dai suoi pensieri dal «Ciaoooo» squillante di Roberta, una sua ex compagna di università. Che ha sempre odiato. Al seguito, un bel passeggino ultimo modello fiammante, una Louis Vuitton Spring Summer 2018 e lo sguardo incriminante di chi ti sta già giudicando ancora prima di chiederti "come stai".

E infatti: «Andreeeeeeea, quanto tempo! Mi sembra di averti vista due giorni fa, ti seguo sui social. Mi fai sempre tanto ridere! Alloooooraaaaa? Sei ancora a lavorare per quel giornaletto? Ti sei sposata? Bimbi?».

"Ma perché non te ne vai affanculo?" vorrebbe tanto dirle Andrea, e invece, sarcastica come solo lei sa essere, le risponde: «Be', se mi segui sui social avrai visto che sono sposata da un anno e sono al quinto mese... Non vedi la pancia?».

«Ma cosa diciiiii, sei la solita matta! L'avrei visto, se fosse vero. Certo, la pancia può ingannare...» E scoppia in una risata rimbombante.

«E pensa che sono anche dimagrita di trecento grammi» ironizza Andrea. «Piuttosto, come si chiama questo bel bambolotto?»

«Achille.»

"O santissimo cielo, povero bambino."

«Che simpatico» commenta, mentendo spudoratamente.

«Dài, ma vediamoci qualche sera per un aperitivo! Lascio Achille dalla tata, lui la adora, quando la vede le salta addosso.»

“E ti credo…”

«Robi, guarda, sono in un periodo un po’ incasinato, magari più avanti. Adesso devo scappare, scusami. Salutami Marco!»

«Ma certo! Appena torna da Dubai, fra due settimane, organizziamo anche con Niccolò.»

“Certo, credici.”

Quante ne conosce, di donne così. E quanto fastidio le danno. Alterna il fastidio alla pena. Sì, pena. Per la loro evidente e innegabile infelicità, camuffata con l’ennesima borsa firmata comprata dal marito per evitare discussioni sull’ennesima trasferta di lavoro.

Si chiede perché certe donne, anche molto intelligenti e in gamba, a un certo punto decidano di farsi bastare una vita del genere. Si chiede anche perché sentano sempre il bisogno di giudicare la vita degli altri senza sapere i motivi delle loro scelte. Mentre cerca una risposta a questa domanda, l’interruttore del fastidio le si accende. E poi si spegne nuovamente, per fare posto alla pena.

Ma nulla può scalfire il suo entusiasmo di oggi, tantomeno quella stronza di Roberta.

Ieri ha mandato un messaggio vocale alle ragazze per decidere quando vedersi: «Facciamo domani a merenda? Non prendete impegni, l’organizzazione del viaggio potrebbe durare una vita. Ok?».

Miracolosamente, sia Viola sia Lea hanno detto sì al primo colpo.

Ed eccole di nuovo insieme, hanno scelto di incontrarsi in Brera. Andrea ha proposto il Sans Egal, dove andavano da ragazzine la sera, ma una volta arrivate hanno scoperto che è diventato un'osteria super turistica, così hanno girato i tacchi e scelto un posticino con i tavolini di ferro battuto e dei fiori meravigliosi a separare dalla strada.

Lea ha preso un caffè macchiato e una fetta di cheesecake, Viola un cupcake red velvet, un caffè e una spremuta e Andrea un caffè normale e un cupcake vegano alla carota e cioccolato.

«Tutto senza latte né burro, mi raccomando.»

«Ma a cosa sei diventata allergica, Andrea?» chiede Viola curiosa.

«A tutto» risponde Lea per lei.

«Ma a tutto davvero» conferma la diretta interessata.

«Che palle. E cosa ti succede?»

«Allora, con il latte e il burro corro in bagno, con le ciliegie, le pesche, le nocciole e le mele muoio... con le...»

«Va be', basta dài.»

«Sì, infatti. Che noia.»

«Allora, ragazze, ho comprato la cartina» dice Andrea tirandola fuori dallo zaino, insieme alla Smemo.

«E che ce ne facciamo di una cartina dell'Italia delle elementari?»

«Decidiamo dove andare.»

«Ma come dove andare? Non avete già organizzato tutto?»

«No.»

Viola quasi sputa la spremuta dal ridere. «Ma voi siete completamente pazze.»

«Andiamo a Malta! Sarà meglio della gita di classe che non abbiamo potuto fare per colpa vostra!» esclama Lea.

«Per colpa di Andrea, vorrai dire...»

Andrea, sbarrando gli occhi, improvvisamente si ricorda del casino che aveva combinato in seconda superiore. Si era innamorata di Ivan, un mezzo teppistello del suo paese, capelli ricci biondi e occhi di ghiaccio. Se avesse avuto un amico belloccio, adesso, nel 2018, Ivan avrebbe creato un duo, sfornato hit tutte "Il tuo profumo mi fa sballare, scapperemo a New York e trallallero" e sarebbe diventato multimilionario. Nel 1997, invece, poteva soltanto essere un bel teppistello dal cuore tenero. Andrea aveva ben pensato di tappezzare i muri della classe con duecento scritte: "Ivan tvb", "Ivan sei figo", "Ivan mi togli il respiro", "A. cuore I.". Quando il professore di chimica aveva chiesto alla classe chi fosse il responsabile di quell'impresa, tutti avevano additato

Andrea, tranne Lea e Viola. Lea in realtà aveva il dito già pronto, terrorizzata com'era dall'idea di subire una punizione, ma Viola le aveva immediatamente bloccato il braccio fulminandola con lo sguardo. A quel punto il prof aveva deciso che loro tre, per scontare questa marachella, non sarebbero partite per la gita. E così, mentre tutti i loro compagni erano a Malta a divertirsi, loro avevano litigato e si erano annoiate a morte a casa. Con tanto di cazziatone da parte dei genitori.

«Certo che tu però, se non fosse stato per Viola, saresti stata pronta a puntarmi il dito, eh?»

«Speravo di non prendermi anche quella volta colpe che non avevo. E infatti...»

Per Viola invece era sempre una questione di bianco o nero: o tutte o nessuna. Il patto del trio compatto, stilato prima di loro solo dalle Occhi di Gatto, era inviolabile.

«Dài, adesso smettetela. E cerchiamo di capire dove cavolo andare. Le tappe possiamo deciderle insieme in base ai "mi manca" della lista... Io una mezza idea di giro ce l'ho.»

«Ragazze, togliamoci subito il pensiero: Cremonini suona a Bologna il 26 giugno.»

Lea lascia le altre a bocca aperta.

«Cosa stai dicendo???»

«Giuro, ho guardato l'altro giorno le date del tour,

mia sorella ha regalato alla sua amica il biglietto per la data di Milano. Inizia da Lignano Sabbiadoro e chiude a Bologna.»

«Lo sapevo, cazzo, me lo sentivo! Bene, la prima tappa l'abbiamo decisa: andremo a Bologna a limonare con Cremonini. Ne basta una, mica tutte e tre!»

Scoppiano tutte in una risata travolgente.

Andrea segna Bologna sulla sua bella cartina e continua a leggere la lista dei "manca".

«Lea, cerca su Facebook Lollo di quarta B. Come si chiamava di cognome?»

«Giudici.»

«Ah, brava.»

Con il suo piglio investigativo, Lea in un battibaleno ritrova Lollo.

«Cazzo.»

«Cosa?»

«Vive in Sicilia con sua moglie.»

«E come fai a sapere che è sua moglie?»

«Perché hanno il profilo insieme.»

«NOOOOOOOOOOOOOO!»

«Inaccettabile, il profilo con la moglie o con la fidanzata Mark Zuckerberg dovrebbe vietarlo» sentenzia Andrea.

«Ok, seconda tappa: Sicilia» segna Viola.

E di nuovo si strozzano dalle risate.

«Ragazze, dobbiamo andare da Lollo, fine della storia.»

«Ma come cazzo ci arriviamo in Sicilia?» domanda Lea.

«Poi ci pensiamo, andiamo avanti intanto. Cosa ci manca?»

«Fare il bagno nude, limonare uno sconosciuto, meglio se straniero...» legge Viola.

«Allora, facciamo così: dopo Bologna andiamo al mare, ci facciamo il bagno nude e se troviamo un bono straniero prendiamo due piccioni con una fava!»

«Ragazze, ma il fatto che siamo tutte fidanzate, anzi, una è pure sposata, vogliamo tralasciarlo?» sottolinea Viola.

«Va bene, facciamo così. Forza, mani sulla Smemo, giurate: quello che succede nel viaggio, rimane nel viaggio.»

Non riescono proprio a stare serie. C'è sempre un motivo per ridere a crepapelle. Eppure, ridendo e scherzando, giurano di nuovo.

«Ok, allora, partiamo dopo il concerto e andiamo dirette al mare. Qualcosa di vicino?»

«Andrea, per favore, cerca di essere realista per una cavolo di volta nella tua vita: secondo te, dopo il concerto, noi avremo voglia di metterci in macchina e guidare fino al mare?»

Andrea odia volare basso: «Ma sì, mamma mia! Andiamo a Riccione, è attaccata a Bologna! Io resto a Bologna solo se Cremonini mi limona. Altrimenti parto».

«Sì, certo. E comunque te lo scordi che faccio il bagno nuda a Riccione di notte.»

«Dài ragazze, non ricominciate» le quieta Viola, «facciamo che restiamo a Bologna per la notte e poi andiamo in Toscana a San Vincenzo, in ricordo di quella vacanza al Garden Club, quando Andrea è riuscita ad andare contro un palo in un parcheggio di millemila metri quadri VUOTO. Me lo ricordo ancora come fosse ieri, e la cosa più divertente è che io non c'ero, ma l'avete raccontato così tante volte che è come se ci fossi sempre stata. Mi ricordo la telefonata di Lea tutta agitata: "Viola, prova a calmarla tu questa qui che non so più come fare, ha fatto la fiancata della macchina, è implacabile!".»

Viola ha tirato fuori dal cappello un aneddoto indimenticabile, di quelli che a distanza di anni ti fanno ancora ridere come un idiota.

«Ti ricordi che poi sei scesa dalla macchina e c'erano quei poveri cristi che ti guardavano e tu gli hai gridato contro: "Ma cosa cazzo avete da guardareeeeee, cosaaaaaaaaa???".»

Andrea non riesce più a parlare, piange dalle risate.

«Va bene, stronze, mi avete convinta, restiamo a Bologna e poi andiamo a vendicarci con quel fottuto palo in mezzo al parcheggio!»

Viola guarda l'orologio e si accorge che sono già le sette passate.

«Ragazze, io purtroppo adesso devo andare, avevo già fissato un impegno per cena con Damiano al club.»

«Ma come cazzo parli??? Ma cos'è il club? Cosa fai tu mentre lui gioca a tennis? Giochi a badminton?» la prende in giro Andrea.

«Taci, cretina, che siamo pure scazzati e non ci parliamo da una settimana... Ma se lo lascio da solo anche stasera mi romperà all'infinito. Piuttosto che sentirlo lamentarsi faccio questo sforzo, così almeno non può più dire niente sulla partenza.»

Ad Andrea questa Viola continua a non piacere, così come quel Damiano.

Le sue parole significano chiaramente una sola cosa: infelicità. Sembra intrappolata, nascosta dietro una maschera a cui si è ormai abituata. È come se si fosse lasciata trasportare dagli eventi senza dominarli, come avesse congelato le emozioni, tutte cose che la Viola che conosce Andrea non farebbe mai.

«Come rimaniamo, quindi?» domanda Lea, con la sua ansia da organizzazione.

«Rimaniamo che il 26 giugno partiamo e andiamo a Bologna da Cesare, il resto lo decidiamo in viaggio. Ah, ragazze: cascasse il mondo, ci muoviamo SOLO con la mappa. Niente Google, niente navigatore, niente smartphone. Ok?»

«Ma neanche WhatsApp?» chiede Lea terrorizzata.

«Sì, ok, WhatsApp sì» concede Andrea.

«E le mail?» Viola, come una ex eroinomane, deve ancora disintossicarsi dalla vita che ha deciso di mettere in standby, fatta di urgenze, ASAP, IMPORTANTE, manco lavorasse nella corsia di un Pronto Soccorso.

«Le mail assolutamente no! E nemmeno i social. Via Instagram, via Facebook, anche Twitter! Zuckerberg deve uscire dai nostri corpi! Questo sarà un viaggio solo nostro, senza condivisioni, stories e tempo perso con gli occhi all'ingiù. Quindi ditelo adesso.»

«Dire cosa?»

«Giuro sulla Smemo che non condividerò nulla su alcun social network, non guarderò le mail e non cadrò in tentazione durante questo viaggio. Amen.»

«Oh signur, Andrea, ma sei seria?» le chiede Lea, esterrefatta.

«Certo che sono seria! Mani sulla Smemo, forza!»

Viola e Lea alzano gli occhi al cielo. Poi, come sempre, acconsentono.

15

Rotta per casa di Dio

"Non si sa mai."

Questa è la frase mantra che accompagna la preparazione della valigia di Andrea, Lea e Viola.

A vent'anni, il criterio per preparare i bagagli è uno e uno solo, cioè alla cazzo di cane. Butta dentro tutto a caso, non pensarci.

A trenta, invece, è tutto un "non si sa mai".

Vuoi non portare un maglioncino in più?

Non si sa mai.

Vuoi non portare la Tachipirina?

Non si sa mai.

Vuoi non portare la mascherina e i tappi che se qualcuno russa o se entra la luce dalla finestra ti svegli e non ti riaddormenti mai più?

Non si sa mai.

Con questa logica Andrea, Lea e Viola hanno preparato i bagagli. Lea ha la tecnica del borsone piccolo con duecento sacchetti a fare da corollario, Andrea ha una valigia che sembra stia partendo per New York per quattro mesi. Viola è stata la più brava di tutte, ma solo perché lavora nella moda e si è già preparata tutti i look abbinati.

«Ma veramente ho portato solo jeans e magliette, shorts e vestiti del cavolo» spiega alle altre, per giustificarsi.

Il 26 giugno si ritrovano sotto casa di Lea alle dieci in punto. I biglietti del concerto li hanno presi online, Andrea però è riuscita a contattare l'ufficio stampa di Cremonini facendo un giro assurdo di telefonate. Conosce bene una tizia della sua casa discografica, che l'aveva messa in contatto con il promoter del tour, che le ha dato il numero di un altro tizio, che morse il gatto, che si mangiò il topo che al mercato mio padre comprò.

Ha chiamato con il coraggio e la faccia da culo che l'hanno sempre contraddistinta. Alla fine cosa aveva da perdere? Nulla. Si è inventata la storia del road show, un esperimento per il web autoprodotto che potenzialmente poteva spaccare online: tre amiche, una macchina, un viaggio e una lista di cose mai fatte da spuntare.

Quella telefonata non le ha garantito niente, ma è

riuscita almeno a strappare un «Vediamo quando siete lì cosa possiamo fare». È molto di più di quanto potessero desiderare.

Caricata l'automobile, salutata la madre di Lea – che chiaramente si è palesata per fare le ultime raccomandazioni – salgono a bordo, pronte per la loro missione.

La prima cosa da fare è mandare un selfie a tutti gli amici che alla notizia dell'"abbiamo ritrovato Viola" sono impazziti di gioia e hanno ufficialmente richiesto aggiornamenti in tempo reale su tutti i loro spostamenti.

Atlante alla mano – «Tanto Bologna è facile da raggiungere» – Smemoranda in borsa e acqua, tanta acqua, soprattutto per Andrea, «Sennò poi mi disidrato».

Lea ha preparato ben due sorprese per le amiche, così, senza aspettare nemmeno il tempo di entrare in tangenziale, dice ad Andrea di sbirciare nel sacchetto rosso dietro al sedile.

«No, va be', non ci posso credere!»

Dal sacchetto spuntano nientemeno che le compilation create ad hoc negli anni passati.

Alla vista dei CD Andrea e Viola impazziscono di gioia. Le canzoni della loro adolescenza, pronte per accompagnarle durante il tragitto!

Andrea sfoglia il vecchio porta CD e si sofferma subito su "Asia e Misia V.1".

«Ma chi sono Asia e Misia, ragazze?» chiede Viola.

«Ma come chi sono? Non ti ricordi quando io e Andrea eravamo in fissa con Andrea De Carlo? E lei voleva chiamarsi Asia e aveva appioppato a me il nome della protagonista tossica di *Di Noi Tre*?»

«Oddio sìììì.»

«Dài, mettilo, sentiamo che canzoni ci sono.»

Le note graffianti di *Glycerine* dei Bush le emozionano fin dai primi accordi. Iniziano a cantare a voce altissima, lasciandosi trasportare indietro negli anni, fino a quando un clacson suonato con violenza non le riporta al presente, ricordando loro che sono ancora nel traffico intenso di Milano, e non partire allo scattare del verde, a Milano, è considerato reato penale.

Viola skippa sia *Killing Me Softly* sia *Gangsta's Paradise* e si ferma su *Tranqi Funky* degli Articolo 31, senza badare agli insulti di Andrea che voleva sentire Coolio.

Poi in un attimo, gasatissime, rappano perfettamente, all'unisono, tutte le parole della canzone: «*Questo suono è Funky / questo suono è tranqui / perché io la musica la tratto con i guanti...*».

Quando entrano in tangenziale, direzione Bologna, ad Andrea scappa già la pipì.

«Ma porca miseria, Andrea, siamo appena partite, ma non l'hai fatta a casa?»

«Sì, però poi sotto casa di Lea mi sono dimenticata di rifarla e adesso mi scappa tantissimo!»

«Eh certo, ti sarai bevuta cento litri d'acqua stamattina.»

«Dài, fermiamoci al primo Autogrill. Beviamo un caffettino, compriamo delle schifezze, facciamo pipì e poi ripartiamo.»

Se fossero in California, questo viaggio avrebbe tutto un altro sapore. Fermarsi in Autogrill a Santa Barbara sulla Highway 1 non è come fermarsi a Somaglia, in provincia di Lodi, a soli sessanta chilometri dalla partenza.

«Andrea non esageriamo con le schifezze, che poi ce ne pentiamo» la redarguisce Viola.

«Proprio tu parli, che ti strafogavi di caramelle come se non ci fosse un domani? Non facevo in tempo a girarmi che già avevi finito il pacchetto. Cioè, eri l'unica che riuscisse a mangiarsi una confezione di Fruittella senza morire. Lo sai che probabilmente se avessi partecipato al Guinness World Records saresti stata una campionessa?»

«Ecco, brava, usa il passato: *ero*. Se lo faccio adesso mi ricoverano in ospedale per il mal di pancia!»

«Dài, forza, guardate di nuovo nel sacchetto, c'è un'altra sorpresa!» le incita Lea, mentre Andrea, curiosa, estrae una scatola gialla e la scoperchia.

L'entusiasmo è quello di chi ha trovato il Sacro Graal: lei e Viola sbarrano gli occhi alla vista dei quaderni dei messaggi di Lea.

Lì dentro c'è davvero il tesoro più prezioso di sempre, il Vangelo. La testimonianza di un tempo lontano, quando i caratteri disponibili per messaggiare erano meno di quelli di un tweet; quando arrivava la prima parte del messaggio e dovevi pregare tutti i Cavalieri dello Zodiaco perché arrivasse anche la seconda; quando se non avevi credito non potevi ricevere nulla ed eri tagliato fuori dal mondo; quando la Omnitel era la tua migliore amica e Megan Gale tua sorella.

Praticamente un testamento. E un'arma di minaccia potentissima.

«Dài, leggine uno» incita Viola.

«Ragazze, sappiate che se iniziate non finite più.»

«Ne leggiamo uno a caso, vediamo la data e andiamo a cercare sulla Smemo se c'è un rimando.»

«Vai!»

Sono incazzata perché lo amo.
Sono incazzata perché lo odio.

«Erano lei, Catullo e i suoi mille amori» commenta Viola.

Si riferisce ad Andrea, ovviamente: l'ennesima tragedia, l'ennesimo cuore spezzato. Se solo fosse stata in grado di dimagrire con la stessa velocità con cui si innamorava…

«Oh mamma, ma di chi stavo parlando? Il melodramma fatto persona, avessi incontrato Mario Merola mi avrebbe scritturata come prima attrice. Io e le sceneggiate eravamo una cosa sola.»

«Eravate???» ironizza Lea ridendo.

«Apri la Smemo al 27 marzo, vediamo se c'è qualcosa.»

Ed eccola lì: la pagina nera.

La massima espressione della catastrofe emotiva. Il disagio generazionale, l'Uni Posca consumato, le lacrime che increspavano le pagine e poi la frase che racchiudeva tutto il dolore: "Se le persone che amiamo ci vengono portate via, perché continuino a vivere non dobbiamo mai smettere di amarle. Le case bruciano. Le persone muoiono. Ma il vero amore è per sempre".

«Scusa Andrea, quella frase era del *Corvo*, ma era riferita alla morte...»

«Ho capito, ma essere lasciati da un amore è un po' come morire.»

«Non cambierai mai.»

«Mai.»

«Ma davvero sei ancora così melodrammatica?» chiede Viola.

«Certo, e Nico lo sa. Anzi, lo sa prima di me, capisce prima di me chi potrebbe piacermi e puntualmente ci diventa amico, se non addirittura migliore amico. Non mi dirà mai nulla, ma me lo fa capire. Figurati se mostra un po' di gelosia, orgoglioso e presuntuoso com'è. È come se dicesse: "Vai, vai, fai la scema, tanto poi torni da me, perché sei mia". E ha ragione, i miei colpi di fulmine non sono mai andati al di là dell'amore platonico… per ora. Glielo dico sempre di stare attento!»

Andrea si ricorda perfettamente quel dolore adolescenziale che ti distrugge l'anima. Erano gli anni di *Wonderwall*, della rivalità tra Blur e Oasis, del brit pop, di *Top of the Pops* e del Festivalbar. La guerra in Jugoslavia era protagonista dei telegiornali e Monica Lewinsky pure, *Trainspotting* aveva insegnato a scegliere la vita, *Forrest Gump* a capire che gli stupidi sono dei consapevoli e *Titanic* che non avreste mai più pianto così tanto per un film. Tranne forse per *Armageddon*. E per la morte di Jen alla fine di *Dawson's Creek*.

Aveva vissuto quella storia con Lele intensamente, tanto intensamente che non si era mai accorta di essere l'unica dei due a provare certi sentimenti. Lui la illudeva come solo i veri latin lover sapevano illudere. Si sprecavano i messaggi, "piccola, come stai?" e "stasera ci divertiamo", e si divertivano davvero, lui con la sua amica speciale e lei con il ragazzo che cercava di convincere ad amarla. Le torna alla mente, vivissimo, il ricordo di quella sera che erano finiti in piscina vestiti in un noto locale in Liguria. Era vietato tuffarsi, loro stavano ballando con gli amici, poi Lele aveva preso in braccio Andrea e aveva finto di buttarla in piscina. Il proprietario aveva guardato lui, poi aveva guardato lei. E con un cenno aveva dato loro il permesso di farlo. La gente si era fermata a guardare, loro si erano prima azzuffati e poi abbracciati sotto gli occhi divertiti di tutti, poi Lele le aveva sussurrato all'orecchio: «Dài, usciamo, andiamo ad asciugarci».

Erano usciti dal club completamente fradici, mezzi nudi, e avevano fatto sesso dietro un muretto in mezzo alla strada. Lui era a petto nudo, quel petto liscio e bianchissimo, con tutti i muscoli al posto giusto, i capelli lunghi bagnati che gli cadevano sul viso e quegli occhi blu enormi che si socchiudevano mentre accendeva una sigaretta. Poi erano andati a casa di lui, si erano fatti una doccia insieme, Lele le aveva prestato i suoi boxer, dei jeans e una canottiera, avevano raggiunto i loro amici per colazione e scattato delle foto meravigliose all'alba.

Per Andrea quei momenti valevano oro. Sfrecciare con la musica a palla e i finestrini della Mini abbassati, ridere come matti per il volo in piscina, accarezzarsi con le prime luci del mattino, passandogli la mano tra i capelli ormai asciutti.

Peccato che, poche settimane dopo, lui avesse iniziato a scrivere anche a Laura. Lo stronzo.

«Sì, Andrea, era uno stronzo, perché ti illudeva. Ti cercava sempre, quando c'eri tu si divertiva solo con te.»

«… Poi però, quando non c'ero io, si divertiva anche con tutte le altre!»

«Ma che fine ha fatto adesso?» domanda Viola.

«Forse è sposato, giusto, Lea?»

«No, e meno male! Però ha un bambino. Bellissimo. Lei è terrificante, è tipo un pesce lesso, cioè te lo ricordi lui? Faceva casino, era super carico, sport, serate, grigliate, cene. Invece lei sembra sempre che stia per addormentarsi, in ogni occasione.»

Sono quasi arrivate a Bologna. Di tappe in Autogrill ne hanno fatte solo due, velocissime. Hanno trovato una Kodak Fun e si sono fatte un autoscatto, che vedranno solo dopo aver portato il rullino a sviluppare.

La loro vacanza analogica sta davvero prendendo la piega giusta.

16

Se ci sarò, se ci sarai

«Il Dall'Ara è uno stadio in città, ci puoi arrivare a piedi dal centro. Ci puoi arrivare in vari modi in realtà. La curva San Luca è per gli ospiti, Andrea Costa è per noi. Sì be', io essendo milanista non è che l'abbia frequentato tantissimo...»

Bea è al telefono in viva voce, mentre cerca di spiegare alle amiche come raggiungere la loro destinazione.

«Si chiama San Luca perché vedi la basilica, giusto?»

«No, perché è sotto San Luca, ce l'hai alle spalle, San Luca lo vedi dall'A1, quando vedi San Luca dici "casa". Ma perché mi stai chiedendo dello stadio? E, soprattutto, perché andate allo stadio?»

«C'è il concerto di Cremonini, dobbiamo limonarlo.»

«Senti Andrea, se non ci sono riuscita io che a Bologna ho sempre bazzicato tutti i suoi posti preferiti sperando di incontrarlo, secondo te voi, adesso, avete qualche possibilità di essere considerate da Cesare?»

«Tu non ci sei riuscita perché in realtà preferivi Ballo, il bassista dei Lunapop.»

«Se proprio dobbiamo essere precise preferivo il suo migliore amico.»

«Va be', ma quindi Cesare dove lo incontravi?»

«Cesare andava un po' ovunque: Cabala, Kasamatta (ex Vicolo) e Kinki. Poi c'era il Soda Pops, il Nu Lounge dove andavi a bere l'Audace, un cocktail al peperoncino che ti sballava in un attimo. Va be', e poi il Matis.»

Beatrice si era trasferita a Bologna da Altedo, un paesino in provincia, nell'anno della maturità. Spostarsi in una grande città quando cresci in provincia è sempre liberatorio. Lei l'aveva vissuta così, perlomeno, anche perché la nuova casa era un bellissimo appartamento all'ultimo piano, ai piedi dei colli e a dieci minuti dai prati dove potevi andare a svaccarti, come faceva Alex con Adelaide in *Jack Frusciante è uscito dal gruppo*. Se poi avevi la 50 Special che cantava Cesare non ti mancava proprio nulla.

A Bologna aveva vissuto i suoi vent'anni, quelli prima del lavoro. Prima di Milano. Si era iscritta alla facoltà di Psicologia nella storica Università, quella dove sotto i portici trovavi le biciclette in vendita solo per vederle rubate mezz'ora dopo.

Tra le amiche, Beatrice è sempre stata la più riservata, una che si sarebbe preoccupata che qualcuno potesse ascoltare un pettegolezzo anche se fosse stata da sola, nel bel mezzo del deserto. Andrea se la ricorda ancora, una sera al mare.

«Sssssssssssshhhhhhhh, parla piano, non dire nomi che la gente poi ascolta.»

«Ma chi, Beatrice? Chi? Sulla spiaggia ci siamo solo noi due e il guardiano dei Bagni Mario.»

«Eh appunto, metti che conosce Fabio?»

È rimasta così: guai dire nomi, figuriamoci i cognomi. Lei, però, vuole sempre sapere tutto di tutti, e da quando le tre amiche sono partite per il viaggio non fa altro che mandare messaggi su WhatsApp.

L'hanno chiamata proprio alle porte di Bologna, quando dall'A1 hanno visto San Luca e hanno gridato: «Casaaaaaaa!».

Poco importa che subito dopo si siano dovute fare la tipica coda in entrata in città, terrorizzate all'idea di non riuscire a ritirare i biglietti e, soprattutto, chiamare Azzurra, l'ufficio stampa di Cesare, per cercare di strapparle un invito all'after show.

La tensione comincia a farsi sentire, alternata a momenti di esaltazione folle. Andrea su questa faccenda della lista si è impuntata, sembra che stia andando a conquistare la Kamčatka. Viola è collaborativa e complice, mentre Lea, come al solito, cerca di smorzare i toni: «Andrea, ok, ma stai calma, se non riusciamo non succede niente».

«Eh no, eh?! Non iniziare. Capisco il livello di difficoltà altissimo del limone, ma all'after show io ci voglio andare davvero, dobbiamo almeno raccontargli di questa storia. Sono convinta che ci scriverà una canzone, poi.»

«Seeeeee va be'.»

Lasciano l'auto in un parcheggio a pagamento – non vogliono rischiare – e si portano dietro la Kodak Fun, il k-way («Ma non piove, ragazze» sottolinea Viola. «Non si sa mai» ribatte convinta Andrea) e la Smemo, che mostreranno a Cesare se mai dovessero riuscire nell'impresa.

Con un ralenti in testa, iniziano una camminata degna di un film di Tarantino, che le porta dritte allo stadio Dall'Ara.

Hanno passato buona parte del viaggio a ipotizzare la scaletta del concerto, stando attente a non leggere troppe notizie online, e hanno riscoperto canzoni che si erano dimenticate di quanto fossero belle: *Cara Maggie, Niente di più, PadreMadre, Marmellata #25, Le sei e ventisei, Il comico.*

Ci sono anche le imprescindibili, ovviamente, quelle che «Se non le fa altro che limone, scavalchiamo le transenne e andiamo a menarlo».

«Dài, non può non farle. È la prima volta che va negli stadi, come minimo deve suonare tre ore e mezza. Lo fa Bruce Springsteen, vuoi che non le sappia reggere lui?»

«Cioè, *...Squérez?* lo deve fare tutto, da *Qualcosa di grande* a *Un giorno migliore*, e poi vorrei facesse anche *La nuova stella di Broadway*...»

«Oddio che bella quella, dài, dài, mettila!»

Lei, vestita come la Rogers, fulmini e saette / Lassù, nel cielo blu, il loro nome / Argento fra le stelle...

«E poi quelle del nuovo disco sono stupendeeeee!»

«È proprio un amore senza tempo, quello per Cesare. Dài, *Poetica* è una canzone pazzesca.»

Cremonini mette d'accordo tutti, e loro tre ne sono la conferma.

Il ritiro biglietti è accanto allo sportello per gli accrediti. Andrea non ha visto nessuna faccia conosciuta, i giornalisti saranno andati tutti alla data di Milano. Prova a richiamare Azzurra, che le dà la stessa risposta dell'altra volta: «Vediamo cosa riusciamo a fare dopo». Non riesce nemmeno a strapparle dove si svolgerà l'after show.

Lo stadio Dall'Ara è stracolmo, il palco è posizionato sul lato della curva degli ospiti e un lungo corridoio si protende al centro, fino all'altezza della Torre di Maratona.

«Chissà come si fa a costruire la scaletta migliore per un concerto» chiede Andrea alle altre. «Con quale canzone aprirà secondo voi? Sparerà una bomba subito? E quale? Oddio che emozione adesso!»

Non sanno come muoversi, intorno c'è ogni genere di persone. Quelli che preferiscono sono i gruppi di amiche, proprio come loro: canottiera, shorts di jeans e fascia in testa, le spalle bruciate dal sole.

I concerti che iniziano quando ancora c'è luce sono bellissimi, un inizio all'imbrunire e una crescita verso l'intimità della sera.

«Ragazze, andiamo in bagno e posizioniamoci.»

«Prendiamo una birra prima» suggerisce Andrea.

E proprio mentre sono in coda per le birre, inaspettatamente, parte un accordo musicale.

Il palco è enorme, con due schermi giganti a lato e una composizione centrale sulla quale vengono proiettati i colori dell'arcobaleno, quelli che campeggiano sulla copertina del nuovo album.

Un video del dettaglio dei passi di Cesare che sale le scale prima di spuntare sul palco, ed ecco che le note di *PadreMadre* danno il via al concerto della vita.

Affannate, con la birra in mano, si catapultano verso il palco, emozionate come ragazzine. Si sono ripromesse che non useranno smartphone, nessuna Instagram Story, nessuna diretta… però qualche video per documentare il momento se lo concedono senza sensi di colpa.

Padre, occhi gialli e stanchi / Nelle sopracciglia il suo dolore da raccontarmi / Madre, gonna lunga ai fianchi / Nelle sue guance gli anni e i pranzi coi parenti…

Cesare le fa stramazzare al suolo con le sue movenze tipiche: balla ondeggiando il bacino, muove le mani come un direttore d'orchestra e regge il palco perfettamente, senza esagerare, ma godendosela.

Andrea scoppia a piangere inaspettatamente sul finale di *La nuova stella di Broadway*: *È una scommessa d'amore / Tu chiamami e ti vestirò / come una stella di…*

Si abbracciano, ridono felici, si mostrano le braccia con la pelle d'oca, cantano con le mani rivolte al cielo e gli occhi chiusi, travolte dai brividi. Ognuna di loro torna indietro nel tempo, ai propri anni migliori. È inevitabile, stucchevole anche, ma non ci si può fare nulla: sono tre donne adulte, indipendenti, che si scontrano ogni giorno con la realtà, quella dei "grandi", quella delle responsabilità, della testa sulle spalle, dei doveri, delle bollette, dell'affitto, del futuro. Oggi, però, i giorni della spensieratezza non sembrano così lontani. Hanno deciso di seguire il loro cuore e il loro istinto, senza pensare troppo alle conseguenze, dicendosi che se non l'avessero fatto se ne sarebbero pentite per sempre. Un colpo di testa impagabile, forse l'ultimo così importante. Avere trent'anni non dovrebbe significare anche tutto questo? Essere consapevoli, poter decidere cosa si può davvero fare e cosa no?

Cesare sta superando tutte le aspettative, ogni canzone è un ricordo, ogni ricordo una risata.

Lo stadio esplode quando al rientro da una pausa, il cielo ormai scuro, chiama Ballo vicino a sé: «Sono passati vent'anni» dice «e noi siamo ancora qua. E siamo bellissimi...».

E poi *sbam*: parte 50 *Special* e lo stadio diventa un unico coro, un'unica danza scatenata.

Le parole iniziali di *Marmellata #25* fanno piangere anche i più duri. Quante Winston blu fumate sognando...

Il concerto si chiude con tre bombe: *Poetica, Nessuno vuole essere Robin* e *Un giorno migliore*.

Per ciascuno dei presenti, Cremonini ha rappresentato e rappresenta qualcosa. Cesare racchiude tutto: il primo amore, i sogni degli adolescenti, le consapevolezze degli adulti, la determinazione di chi sa cosa vuole dalla vita e la leggerezza giusta per affrontarla. Questa sera lui ha realizzato un sogno. Uno di quelli che si fanno da bambini.

L'entusiasmo che ha trasmesso ad Andrea, Viola e Lea ha dato loro la carica giusta per continuare a disegnare i loro *possibili scenari*. Senza paura.

Sono stanchissime e sudatissime, hanno ballato e

saltato come se non ci fosse un domani. Lea è pronta a mollare il colpo, ma Andrea la cazzia subito: «Forza, andiamo verso il palco, vediamo se riesco a beccare Azzurra da lì. Ragazze, ma quanto è bono? Cioè, non solo è bravissimo, è sempre più figo. E poi, la cosa che mi fa impazzire è che trova sempre le parole giuste, senza mai essere banale o scontato, toccando quelle corde che... boh. È proprio il numero uno».

«Sì, certo, soprattutto in *GreyGoose*!»

Scoppiano in una mega risata liberatoria, abbracciandosi strette.

«Dài Lea, facciamo questa cosa! Tanto lo sai che lei ha la faccia da culo, riesce sempre ad arrivare dove vuole» interviene Viola.

«In realtà, ragazze, non so se è per il tempo che passa, ma ultimamente son diventata un pochino più timida...» dice Andrea.

«Nel senso che invece di metterci un minuto a dire quello che devi dire ce ne metti due?»

«Dài, cretina, davvero, ogni tanto mi vergogno un po'... Ma non è certo questo il momento per lasciar vincere la timidezza. Andiamo!»

Quando raggiungono le transenne alla sinistra del palco, Andrea tira fuori il telefono. Chiama Azzurra, che non risponde. La richiama dopo dieci lunghissimi minuti, sfruttati per andare in bagno e prendere una bottiglietta d'acqua. Azzurra risponde un po' scocciata: «Andrea, Cesare sta facendo una piccola conferenza stampa con qualche intervista post concerto, è molto stanco».

«Dài Azzurra, vi rubiamo cinque miseri minuti...»

«Niente, non molli... Aspetta, vi vengo a prendere io che altrimenti non vi fanno entrare. Dove siete?»

«Alla sinistra del palco.»

«Venite dall'altro lato.»

Ecco, appunto.

Azzurra è una donna bellissima, sempre calma e cortese, ma molto decisa, sa fare il suo mestiere ed è al fianco di Cesare da sempre.

«Ragazze, io non so cosa riuscirete a fare, ma l'importante è che lo facciate solo quando ha finito tutto con i giornalisti. Ok?» dice, facendole entrare nella stanzetta dove Cremonini sta rilasciando le interviste, visibilmente distrutto ma con gli occhi luminosi di chi si è portato a casa una grande gioia.

Andrea, Viola e Lea si mettono nell'angolino in fondo, con tre sorrisoni stampati, speranzose di essere prima o poi considerate.

L'accento bolognese di Cesare si sente parecchio, Andrea a bassa voce ripete ogni parola con le doppie zeta.

Lea le dà una pacca sulla gamba: «Smettila, scema».

A un certo punto, inaspettatamente, lui si alza: «Ragazzi, scusate, vado a farmi una doccia e a salutare i miei. Dài, tanto dopo ci vediamo al Matis e continuiamo». Poi esce, sotto i loro occhi increduli.

Ma no, ma come?

Ma non è possibile.

I giornalisti lentamente si avviano verso l'uscita. Nella stanzetta rimangono loro tre, Ballo e Azzurra.

L'unica frase che rompe il silenzio arriva da Lea: «Ti immaginavo più basso».

Ballo le abbraccia. «Ci vediamo al Matis.»

Nemmeno il tempo di permettere ad Andrea di chiedergli se le faranno entrare e se ne va anche lui.

«Ragazze, mi dispiace tanto, ma era davvero morto...» dice Azzurra. «In questi casi non ci posso fare nulla.»

«Va be', ma adesso veniamo al Matis e magari ce lo presenti lì!»

«No tesoro, al Matis io non vado.»

«Ah... Va be', grazie comunque di tutto, Azzurra.»

Alzano i tacchi e si dirigono verso l'uscita.

La loro macchina è lontanissima e la camminata verso il parcheggio smorza un po' l'entusiasmo.

«Eh no, ragazze, non perdiamoci d'animo. Guardiamo dov'è il Matis!»

«Andrea, ti pregooooo.»

Il Matis dista dieci minuti dallo stadio. «È un segno, mie care. Non possiamo fare altro che continuare con la nostra missione.»

All'entrata del locale, sanno benissimo che si consumerà la tragedia del "se non avete l'invito non posso farvi entrare".

E infatti è così.

Andrea inizia a sparare uno dietro l'altro nomi di persone legate al mondo della musica che spera possano garantirle l'ingresso, ma niente. L'imbarazzo di essere messe da parte aumenta ogni volta che arriva qualche ospite e viene lasciato passare. A malincuore, decidono di andarsene.

E poi ecco che, dal silenzio che solo una situazione di disagio può creare, si alza la voce di Lea: «Yoyoooooooooooooo».

«E chi cazzo è Yoyo?» chiede Andrea.

«Ssssssh, magari è uno che ci fa entrare» la zittisce Viola.

In effetti, Yoyo è il pr numero uno di Bologna. Signore della notte, simpatico, travolgente e decisamente in grado di farle entrare al Matis.

Lea lo conosce perché i loro genitori sono i classici "amici delle vacanze", vicini di ombrellone nelle due settimane riminesi che si concedono da venticinque anni a questa parte. Quante volte l'ha fatta entrare alle feste che organizzava d'estate...

«Lea, ma cosa ci fai qui?» domanda Yoyo con un fortissimo e divertentissimo accento bolognese. Il suo sguardo si posa immediatamente su Viola. «E chi è lei? Scusa, loro?» si corregge poi, accorgendosi in ritardo della presenza di Andrea.

«Sono due mie amiche, stiamo cercando di entrare alla festa di Cesare, ma ovviamente non abbiamo invito e ci stanno rimbalzando.»

«Forza, venite con me.»

«Grazie Yoyo, sei un grande!»

«Ma non mi presenti le tue amiche?»

«Uh, sì certo, scusa.»

«Ciao, io sono Andrea.»

«Piacere, Viola.»

«Che bel nome, Viola.»

Viola accenna un sorriso e abbassa lo sguardo. Andrea le tira una spallata per suggerirle di essere cortese almeno un po'.

Entrando al Matis, Yoyo viene subito trascinato nei saluti: un abbraccio di qua, un sorriso di là, poi le accompagna al bar.

«Prendete quello che volete, è tutto offerto! Io faccio un salto in consolle, saluto un paio di persone e torno.»

Andrea, mentre se ne va, gli grida: «Poi ce lo presenti Cesare?».

Lui si gira sorridendo e mostrando il pollice in su.

Per festeggiare, le tre amiche prendono subito un cocktail a testa: moscow mule per Andrea, vodka lemon per Lea e gin tonic per Viola. Fanno un brindisi e iniziano a guardarsi intorno per cercare di intercettare l'obiettivo.

Eccolo.

Cesare è in uno spazio riservato dietro la consolle. Con lui ci sono Ballo, delle belle ragazze che sembravano conoscerlo da sempre e poche altre persone.

Ovviamente è inavvicinabile.

Yoyo poco dopo torna e offre alle ragazze un giro di chupiti alla vecchia maniera: rum e pera. Ha sempre fatto schifo a tutte, ma non si sognano minimamente di rifiutare l'offerta. Un altro cocktail segue allo shottino e dà il via alla sbronza. Soprattutto quella di Lea.

Si lanciano in pista a ballare, mentre Cesare non accenna minimamente ad alzarsi, se ne sta lì bello sereno nel suo privé a ridere e scherzare con gli ospiti.

Yoyo inizia a provarci con Viola, senza successo, Andrea tenta di convincerla a flirtare sperando in un avvicinamento al tavolo di Cremonini, ma niente. Il piano sta fallendo miseramente.

L'alcol inebria gli animi, Lea ride senza motivo e in

continuazione, per qualsiasi cosa. Si avvicina qualcuno a fare il provolone? Lei gli ride in faccia. Vede una ragazza ballare fuori tempo? Ride indicandola. Tira pacche sulle spalle di Viola ogni volta che Yoyo sperimenta un nuovo approccio, ridendo in faccia anche a lui.

A un certo punto Andrea convince le ragazze a usare la tattica del "vai dritta verso l'obiettivo": falcate sicure e sguardo fisso davanti a te, guai a fermarsi. E così, una dietro l'altra, si incamminano verso l'Eden.

«E voi dove pensate di andare?»

«Da Cesare!»

«Non credo proprio.»

Il bodyguard che controlla l'ingresso al privé le blocca, facendogli fare una delle più grandi figure di merda della loro vita.

Dietrofront.

«Ma Lea dov'è finita?»

«Era dietro di me un secondo fa.»

Si accorgono solo in quel momento di averla persa per strada. La cercano tra la folla danzante in pista, al bar, tornano da Yoyo ma niente.

«Sarà in bagno.»

Lea è uscita a prendere aria. Le girava troppo la testa, appena le luci della discoteca hanno cominciato a diventare di tutti i colori ha capito che doveva riprendersi un attimo se non voleva stramazzare al suolo. Ha raggiunto un'uscita di sicurezza, fregandosene del buttafuori che ha tentato di dirle che da lì non si poteva passare.

Appena fuori, tira un sospiro di sollievo, si accascia contro il muro e riprende fiato.

Dopo poco, da quella stessa porta spunta lui. Sorridente e bello come quando aveva i capelli tinti di rosso e le aveva conquistate tutte con quelle parole indimenticabili: *Vorrei, vorrei / esaudire tutti i sogni tuoi / Vorrei, vorrei / cancellare ciò che non vuoi / però, lo sai / che io vivo attraverso gli occhi tuoi...*

Lea si è alzata tenendo la schiena incollata al muro e lo guarda. È il momento, deve solo fermarlo e dirgli della lista, chiamare Andrea e Viola, fare una foto, così vivranno tutti felici e contenti.

Cesare la guarda e le sorride.

«Ciao.»

«Ciao.»

E poi se ne va.

«Ma porca zozza, Lea, ma è mai possibile???»

«Ma ero ubriaca, dài, cosa gli dicevo?»

«Guarda, sei incommentabile! Sempre la solita, già ti vedo che ti terrorizzi e ti blocchi con gli occhi sbarrati come un animale in pericolo.»

Si dirigono verso l'uscita cercando di ricordarsi dove hanno messo l'auto: «Adesso dobbiamo pure cercarci un posto per dormire».

Lea si prende la sua piccola rivincita: «Ho prenotato un alberghetto su Booking prima, già sapevo come sarebbe andata a finire altrimenti».

«Brava, allora ogni tanto la fai una cosa giusta» la prende in giro Viola.

Primo obiettivo fallito. Dovranno rimandare il limone con Cremonini ai quarant'anni.

«Sarà il primo punto di una nuova lista» dice Andrea convinta.

Poi sente il suono di un WhatsApp. "E chi è a quest'ora?"

Legge il messaggio: "L'ho lasciata, Andrea. Sono andato via da casa. Ora. Dimmi dove sei che ti raggiungo".

17

~~Trio~~ Quartetto compatto

L'autostrada scivola veloce / sto mangiando quel gelato che ti piace / che ti fa ingrassare tutte le menate / quante volte le ho sentite…

Mancano centoventi chilometri all'uscita per Firenze e Martino non ha ancora ben capito che cosa stia facendo.

Ha rovesciato dentro un trolley qualche camicia e i suoi ultimi cinque anni con Chiara, sbattendosi dietro la porta di casa in un impeto di follia e sfinimento.

A ottantasette giorni dalle nozze, per la prima volta ha sentito che avrebbe potuto scegliere qualcosa, qualcosa per se stesso.

Chiara ha pianto senza sosta, lo ha scongiurato di restare, ha promesso che non permetterà più a suo padre di interferire nel loro rapporto, che la sua famiglia non si metterà più in mezzo. Ma, dopo anni di inconscio asservimento, Martino ha detto basta.

Quel matrimonio della Milano bene, i trecentosettanta invitati, la chiesa di Santa Maria in Brera dove la famiglia si sposava da generazioni, il dress code in smoking – lui, che immaginava da sempre di sposarsi in quella piccola chiesetta diroccata vicino al mare.

Ha conosciuto Chiara proprio a un matrimonio. Strano, il destino. Lui era uno dei fotografi, lei una delle invitate più belle ed eleganti.

Era uscito a fumare una sigaretta durante una pausa dal lavoro e l'aveva trovata lì, a dondolare sull'altalena di fiori piazzata dal wedding planner per le foto romantiche degli sposi, circondata da candele. Sembrava una visione, una Madre Natura vestita di seta in un'umida sera di ottobre.

È stato un colpo di fulmine. Lei gli ha chiesto una sigaretta rollata con il suo tabacco, lui le ha appoggiato la giacca sulle spalle per proteggerla dal freddo. Si sono innamorati senza sapere nulla l'uno dell'altra. Lei dei suoi riccioli scuri, di quegli occhi neri profondi e rassicuranti, lui della sua dolcezza e dei suoi modi gentili. Bastava a entrambi.

Martino le aveva scattato una foto di nascosto, quella sera, la stessa foto che adesso è incorniciata sul mobile del loro salone in via dei Fiori Chiari.

Il padre di Chiara si immaginava per lei un futuro diverso. Dividere la figlia con un fotografo sognatore che racimolava soldi con piccoli lavoretti per coronare il sogno di andare in Arizona a fotografare il Grand Canyon e realizzare il suo primo libro fotografico è stato un duro colpo.

Chiara era tenera ma testarda, così era riuscita a vincere le resistenze di Martino, e a farlo entrare nell'azienda di famiglia per rivestire un ruolo di grande responsabilità. Martino sapeva che in tempi di crisi con i sogni non si mangiava, e nessun trentenne avrebbe mai rinunciato all'opportunità professionale che il futuro suocero gli stava prospettando.

«Martino, tu sei un ragazzo in gamba, non voglio che tu creda che questa posizione te la stia *regalando*, quindi facciamo così: ti metto in prova. Se raggiungi gli obiettivi, ti assumo.»

Lui aveva impiegato la metà del tempo a portare a casa i risultati prefissati, e nel giro di pochissimo aveva già in mano il suo primo contratto a tempo indeterminato.

«E il Grand Canyon? E il libro?»

Ad Andrea non andava giù questo cambio di rotta, le sembrava che il suo amico di sempre si fosse fatto inghiottire da una vita che non gli apparteneva.

«Il libro resta un sogno, prima o poi lo realizzerò.

Chissà, magari potrei andarci con Chiara in viaggio di nozze.»

«Ma cosa c'entra! Non è lo stesso! E poi lo sappiamo che in viaggio di nozze finirai sicuro in qualche spiaggia caraibica a fare foto a letti matrimoniali con cuori di petali di rosa e tanto di scritta "Benvenuti sposi".»

Martino aveva sorriso scombinandole i capelli. Amava quella capacità di Andrea di intestardirsi e arrabbiarsi come una bambina quando qualcosa proprio non le andava giù. Non riusciva mai a trattenersi dal dire quello che pensava, anche quando avrebbe dovuto essere più delicata finiva per diventare diretta come un treno.

La loro amicizia era sempre stata così, da quando lei piangeva disperata per la fine dell'amore con Matteo e lui le accarezzava la testa per consolarla.

All'inizio, Lea e Viola erano contrariate da questo rapporto nato dalle ceneri della sua storia appena conclusa. Lea aveva paura che Andrea si innamorasse, tanto per cambiare, pure del migliore amico dell'ex, e finisse per soffrirci – in effetti, per un certo, piccolissimo periodo, Andrea aveva creduto davvero di essersi innamorata di Martino.

Viola era semplicemente diffidente.

«Ora spiegami perché lui dovrebbe scegliere di rimanerti amico, cioè è il migliore amico del tuo ex! O ha un secondo fine, o è gay!»

«Ma voi non capite! Non lo conoscete! Lui è una persona speciale, di quelle che ce ne sono poche, e no, non mi sono innamorata, Lea, o meglio, l'ho creduto solo per cinque minuti la settimana scorsa sotto casa, mentre fumavamo una sigaretta e ascoltavamo *Zombie* dei Cranberries, ma poi niente, ho capito che eravamo solo amici e che il mio era il complesso di Edipo.»

«Cosa c'entra il complesso di Edipo?» le aveva chiesto Lea.

«Boh non lo so, ma ci stava bene nella frase. E comunque tu, Viola, smettila con questo fare sospettoso, sarai la prima a ricrederti!»

E in effetti si erano ricredute, tutte e due.

Andrea aveva fatto in modo di conquistare la fiducia di entrambe, e piano piano, con ago e filo, come solo lei sapeva fare, aveva cucito un legame.

Loro tre e Martino formavano la squadra perfetta.

Lea lo adorava, lo trovava estremamente tenero. Viola lo aveva studiato a lungo, cercando qualcosa che non funzionasse, mettendolo alla prova e provocandolo ogni volta che le capitava l'occasione, ma niente. Lui sembrava cadere sempre in piedi.

Alla fine si era arresa anche lei, ma alla sua maniera. Lasciando sempre quella velata minaccia nell'aria del: "Se ci freghi ti ammazzo". Martino sembrava averlo percepito e la trattava sempre con cura, non facendole mai mancare quell'attenzione in più.

«Allora? Chi ti fai delle tre? O te le fai tutte e tre?»

Tutta la scuola lo invidiava, le battute e le allusioni su quel rapporto si sprecavano, ma Martino non ci faceva molto caso.

Solo una volta aveva perso la testa, quando alla festa di fine anno Federico Grieco, ubriaco fradicio, si era messo a provarci anche con i pali della luce. Aveva iniziato con Andrea, che gli aveva riso in faccia, poi era passato a Lea, che con modi cortesi lo aveva allontanato, e infine era arrivato a Viola, che aveva bevuto più di lui. Non aveva fatto in tempo a sussurrarle qualcosa all'orecchio con l'alito che puzzava di angelo azzurro che Martino gli si era scaraventato addosso, facendolo volare per terra. Intorno a loro si era formato un capannello di gente.

«Ma Martino, perché?» aveva chiesto Viola con il suo vodka lemon in mano. «Voleva solo portarmi a letto. Mi ha detto così, cosa c'è di male?»

Federico Grieco, con la mano sulla mandibola dolorante, imprecava in tutte le lingue. «Oh, ma che cazzo fai? Ma vaffanculo! Decidi pure quale ti vuoi scopare, così magari ci lasci una delle altre due.»

Martino si era girato sputando fuoco dal naso, Andrea era intervenuta urlandogli addosso: «Ma manco morta mi ti faccio io a te! E non ti permettere mai più di avvicinarti alla mia amica! Ma chi ti vuole, schifoso, puzzi anche di sudore!».

La serata si era chiusa con Lea che trascinava via Andrea, che era ormai entrata definitivamente nella parte della rissosa e voleva menare Federico, e Viola in spalla a Martino, con le gambe per aria e i lunghi capelli all'ingiù che urlava: «Ma noooo! Non portatemi via, io mi stavo divertendo!».

Erano finiti tutti e quattro a mangiare panini con la salamella in corso Sempione, con Lea che guardava l'orologio ogni cinque minuti, convinta che la madre l'avrebbe ammazzata se non fosse tornata subito a casa.

Il giorno dopo Viola non ricordava nulla, e Andrea le aveva raccontato le gesta di Martino, nobile cavaliere degli anni Novanta.

«E poi *puuuum*, gli ha sferrato un pugno, e Grieco è volato a terra, e tutti lì a guardare. È stato super figo! Ben gli sta a quel deficiente!»

Viola aveva abbassato gli occhi e poi alzato lo sguardo su Martino, in un misto di imbarazzo e riconoscenza. Lui l'aveva guardata un istante e poi aveva cambiato discorso, scattando a tutte e tre, d'improvviso, una foto con la Polaroid.

Andrea era venuta con la bocca aperta, Lea con gli occhi chiusi per il flash, e Viola con lo sguardo fisso sull'obiettivo, come se lo stesse guardando negli occhi.

Messaggio vocale di Andrea.

Due minuti e cinque secondi, tutti a voce bassissima.

«... Parlo così perché voglio fare una sorpresa a Lea. Non sa che stai arrivando, non le ho detto ancora niente. Cioè, lo so che non dovrei pensare alle sorprese perché tu hai appena mandato a monte il tuo matrimonio, e sarai sconvolto, però io sono così felice di vederti e sapere che tra un po' saremo insieme! Ma soprattutto... quando cacchio arrivi?»

18
Fare il bagno nude

Andrea è convinta di aver costruito il piano perfetto.

È così eccitata all'idea della sorpresa che ha deciso di non confessare nulla neanche a Viola. L'arrivo di Martino, quindi, scatenerà un doppio fuoco d'artificio, il colpo di scena indispensabile per riprendere il viaggio con lo spirito giusto.

Come la famosa estate del 2000, l'ultima che hanno passato tutti e quattro insieme. Quella della maturità.

Ripensandoci, un velo di malinconia le passa sopra al cuore. Quella in effetti è stata l'ultima estate con Viola, quella prima della sua partenza per la Spagna.

Lea interrompe improvvisamente i suoi pensieri.

«Ma dove stai andando, scimunita! Dovevi uscire quiii!»

«Ma l'Atlante diceva...»

«Ancora con questo Atlante, Andrea!» Lea, anche se

sarebbe proibito, monitora il percorso con Google Maps. «Per San Vincenzo era di là!»

«Oh cacchio, ho sbagliato uscitaaa! E adesso? Qual è la prossima? Dobbiamo fare un giro infinito, lo sapevo! Dobbiamo tornare a Milano, perderemo un sacco di tempo!»

«Stai calma. La prossima uscita è a dieci chilometri!»

«Sei sempre la solita melodrammatica! Teatrante catastrofica del mio cavolo!» la sbeffeggia Viola dandole uno scappellotto.

Andrea fa la faccia della bimba rimproverata, mentre Lea scuote la testa con quel suo fare da mamma.

Si fermano lungo il litorale.

Finalmente il mare. L'elemento che più di ogni altro le accomunava e le faceva sentire libere.

Si tolgono le scarpe e corrono sulla sabbia umida. Sono arrivate nell'orario più bello, quello del tramonto, quando il cielo si colora di arancione e anche il mare sembra cullarsi muovendosi lento.

Si sdraiano sui lettini del Bagno Riviera, con i jeans tirati su fino alle caviglie e gli occhi chiusi per respirare il profumo dell'estate.

«Grazie, ragazze.»

Viola spezza quel momento di contemplazione e silenzio.

Andrea apre gli occhi di scatto, girando la testa verso di lei.

«Grazie per avermi cercata, per aver creduto davvero in questa pazzia, e per essere qui adesso, insieme. Di fronte al mare.»

Tutte e tre sorridono richiudendo gli occhi: non c'è bisogno di aggiungere altro.

Hanno prenotato un albergo lungo la via. Una stanza tripla con un letto matrimoniale e un letto singolo. Andrea e Lea dormiranno insieme, ormai allenate dagli anni di continua frequentazione, mentre Viola, nella sua vita senza coinquilini o conviventi, ha sviluppato una certa insofferenza al sonno condiviso (Damiano si ferma raramente a dormire da lei, capita più spesso che sia Viola a fermarsi nel suo gigantesco loft da ex uomo sposato).

Andrea ha prenotato per cena, alle 21, in un ristorantino sul mare consigliato da una collega. Ha dato appuntamento a Martino alle 21.15, proprio lì.

Il cuore le batte a mille mentre cerca di immaginare le facce delle sue amiche, soprattutto quella di Viola. Da quant'è che non si vedono? Ogni volta che si rende conto del tempo intercorso tra i suoi diciott'anni e gli attuali quasi trentacinque le prende un infarto. Com'è possibile che sia passato così tanto? Cioè, davvero *Titanic* è uscito nel 1997? VENTUNO anni fa!

Ha con sé la Kodak usa e getta che hanno comprato in Autogrill. Quella con cui si sono ripromesse di scattare una foto per ogni tappa. Vuole fare uno scatto per immortalare il momento della sorpresa, sperando in una buona riuscita.

Quel senso di attesa e mistero solo i vecchi rullini sapevano dartelo. Selfie senza occhi, foto sfocate, flash che annebbiavano tutti i soggetti, facce orrende senza possibilità di replica: è incredibile quanto tutto quello che in quegli anni appariva scontato adesso assuma un tono così romantico.

«Be'? Per quanto ne avete ancora?»

«Andrea, non ci provare. Forse è la prima volta nella tua vita in cui sei pronta prima di me... E non ne capisco nemmeno il motivo, non ci insegue nessuno!»

Lea e Viola sono stupite dalla perfetta puntualità di Andrea: alle 20.40 ha già su la giacca di jeans e sta dando l'ultimo ritocco al rossetto.

Lea è da sempre la prima vittima sacrificale dei terribili ritardi di Andrea. L'ha aspettata in ogni situazione possibile: sotto la pioggia, dentro il cinema a film già iniziato, ad aperitivi con vecchi compagni di scuola finiti praticamente al suo arrivo, sotto casa per interminabili mezz'ore. Ha provato a darle finti appuntamenti con orari anticipati per cercare di fregarla, ma Andrea ha sgamato subito la tecnica e ha continuato a seguire il suo orologio interiore.

«Be' ok, vi aspetto nella hall allora, che noia!»

Lea la fulmina con lo sguardo, mentre Viola le guarda ridendo.

Non è cambiato niente. Niente.

Sono sempre le stesse. Le sue amiche sceme.

Andrea sta scrivendo…

20.44 "Be'? Dove sei?"

Andrea sta scrivendo…

20.45 "Perché non mi rispondi?"

Martino sta scrivendo…

20.46 "Se magari mi dai il tempo di leggere… Sono entrato adesso in camera, mi faccio una doccia e arrivo."

20.46 "Ma sei pazzo??? È tardissimo! Non ce la farai mai!"

20.48 "Ho l'albergo a un minuto a piedi dal ristorante, sono un uomo e ho tempi brevi, e non mi faccio dare lezioni di puntualità da te."

20.49 "Mh."

20.49 "Va be', ci vediamo lì, se tardi ti ammazzo!"

20.50 "Mi hai già fatto perdere cinque minuti. A dopo."

Alle 21.00 sono già sedute a tavola.

«Perché il tavolo è apparecchiato per quattro?» chiede Viola sospettosa.

Andrea cerca di fare la gnorri: «Avranno sbagliato, io gli ho detto tre!».

«Ok, allora chiamiamo il cameriere e facciamolo levare.»

«Sì, dopo, dài, intanto facciamoci una foto. Ponteee?»

Con la Kodak in mano, Andrea stringe i colli delle sue amiche in un abbraccio. Il bagliore del flash le acceca.

«No, ma più vicino??? Non vedo nienteee! Sono cieca!» Viola ride strofinandosi gli occhi, cercando di non levarsi tutto il mascara con le nocche.

«Chi se la ricordava la potenza dei flash di queste cacchio di usa e getta...»

Proprio quando finalmente recuperano la vista, si ritrovano davanti a un altro flash.

Martino. In piedi, a pochi metri da loro, immobile.

«Sorpresaaaaaaa!»

Andrea applaude come una foca, emettendo risolini di eccitazione.

«Martinoooo!» Lea balza in piedi e corre ad abbracciarlo. «Che bello che sei quiiii!»

Martino continua a rimanere immobile, stretto nell'abbraccio di Lea. Fissa Viola, che a sua volta non riesce a emettere alcun verso.

«Be'? Vi hanno ammazzato il gatto?»

Andrea mostra un po' di irritazione: le cose non stanno andando come le ha immaginate nelle ultime ventiquattr'ore.

Martino si avvicina al tavolo a braccetto con Lea.

Viola si alza lentamente, regalandogli un timido sorriso, in preda a un imbarazzo che non capisce come possa appartenerle.

«Come stai, Viola?»

«Bene, e tu?»

Si abbracciano quel poco che basta, mentre Andrea piano piano recupera il suo entusiasmo.

«Allora??? Avete visto che bella sorpresa che vi ho fatto?»

«Bellissima!»

Lea è così felice che non si è neanche soffermata a pensare come mai, a poche settimane dalle nozze, Martino si sia unito a quel pazzo viaggio.

«Dài, ordiniamo litri di vino bianco per festeggiare il ritorno del quartetto, direttamente dagli anni Novantaaaaaaaaaa!»

Adesso Andrea è di nuovo gasatissima. È al mare, con i suoi migliori amici di sempre.

Non desidera nient'altro, non le manca neppure Nico.

È questo il suo Nirvana.

Passano l'intera serata a ricordare aneddoti del passato.

Come quella volta che erano finite tutte e tre dalla preside perché Viola aveva fumato in bagno, con Andrea e Lea a farle da palo, e la bidella era entrata proprio in quel momento. Come nella famosa pubblicità dei preservativi del 1989, si erano prese tutte la colpa e Martino, che era rappresentante d'istituto e molto amato dalla preside, l'aveva convinta a non sospenderle.

«Mamma, Martino, se non era per te!» Lea ancora suda freddo davanti a quel ricordo. «Se mi avessero sospesa per il fumo mia madre mi avrebbe ammazzata!»

«Ma smettila, tua madre sapeva benissimo che fumavi, ti avrà sgamato le Philip Morris cento volte!»

Viola ricorda perfettamente la bustina di stoffa a scacchi in cui Lea nascondeva con cura le sigarette, in mezzo agli assorbenti.

«Sì, ma io le dicevo che erano tue!»

«E ti pareva, io come al solito la pecora nera del gruppo...» Viola è sempre stata la ribelle tra loro tre. Martino le osserva le dita lunghe e affusolate, piene di anelli alle falangi, con le unghie corte e lo smalto chiaro. Il vino ha allentato la tensione, ma gli ha restituito una strana sensazione di stordimento e confusione.

Le ultime ventiquattr'ore sono state pura follia. La fuga, il viaggio, le preghiere di Chiara, il matrimonio saltato, e adesso quella discesa in picchiata nel passato.

Andrea li osserva interdetta, studiandoli in silenzio. È come se percepisse nell'aria qualcosa di diverso, in ogni gesto o movimento cerca di scovare un indizio, un codice, qualcosa che le permetta di leggerne un significato.

«Allora, siete pronte?» domanda Viola, rompendo quei pensieri.

Andrea e Lea si guardano interrogative.

«A fare cosa?» risponde Lea con la faccia da pesce lesso.

«Come a fare cosa? Non vi ricordate il motivo per cui siamo qui? Punto numero otto della lista: "Fare il bagno nude!".»

«Sìììì!» Andrea esplode in tutto il suo entusiasmo. "Questa è la Viola che conosco!"

«Ma voi siete matte! Abbiamo appena finito di mangiare, siamo in piena digestione, l'acqua sarà freddissima, sono anche mezza ubriaca e non ho intenzione di finire al Pronto Soccorso di San Vincenzo!»

«Eh no cara mia, non ti permetteremo di farci saltare i piani un'altra volta! Già non possiamo depennare Cremonini perché tu te lo sei fatto scappare da sotto il naso, adesso non puoi proprio tirarti indietro!»

Martino ride anche se non capisce bene di cosa stiano parlando.

«Ha ragione Viola, cara Lea. Anzi, sai che ti dico?» la provoca Andrea. «Adesso sarai tu a fare da apripista! Spogliati!»

«Ma che cosa dici? Siamo sedute al ristorante!»

«Va be', insomma, mentre ci avviamo verso la spiaggia tu inizia a levarti il maglione.»

«Ma io ho freddo...» piagnucola Lea disperata, mentre Viola si sfila lentamente le scarpe col tacco sotto gli occhi impigliati di Martino.

«Io vi aspetto qui» sorride lui.

«Be', ci mancherebbe! Volevi venire con noi per vederci finalmente nude tutte e tre? Ti piacerebbe!» scherza Andrea.

Corrono ridendo verso il mare, strattonando Lea, che cerca fino all'ultimo di opporre resistenza. Nel tirarla a sé Andrea inciampa su un sasso, creando un effetto domino che le fa finire con la faccia sulla sabbia, l'una sull'altra.

A Lea parte la risata a stantuffo, e a quel punto nessuna delle tre si riesce più a fermare. Ridono con il mal di pancia, Andrea si fa anche un po' di pipì addosso.

Martino le guarda sorridendo da lontano, appoggiato con i gomiti alla staccionata di legno del dehors del ristorante.

Di quelle tre adolescenti diventate donne sembra essere rimasto ancora tutto.

«Noooo vi prego, vi preeeego!»

Andrea e Viola cercano di sfilare i jeans a Lea, ancora a terra e senza forze.

Le urla si sentono da lì. Nonostante le loro sagome sembrino delle Polly Pocket, il casino che stanno combinando ha attirato l'attenzione del titolare del ristorante.

«Tutto bene?» chiede gentilmente a Martino.

«Sì, sì. Tutto bene, grazie. Sono tre amiche che non si vedevano da tanto, e hanno esagerato un po' col vino» risponde, con una tenera smorfia da fratello maggiore.

Il signore sorride dietro i folti baffi grigi. «Be', allora lasciamole divertire.»

Un urlo finale richiama di nuovo l'attenzione di Martino.

Lea è finita in acqua, lanciata a forza dalle altre due. Andrea strilla felice, mentre Viola si sfila dal basso il vestito a fiori, pronta per raggiungerle.

Martino si gira di scatto, improvvisamente colto da una vampata che è quasi sicuro lo abbia fatto arrossire.

Le urla poi diventano canzone.

«*Ti vesti svogliatamente / Non metti mai niente / Che possa attirare attenzione / Un particolareeee / Solo per farti guardareee!*»

Sì, non sono cambiate. Sono le solite liceali di sempre.

19
The day after

«Etciù!»

Nella penombra della stanza tripla dell'hotel Riviera, i lamenti di Lea echeggiano da sotto le coperte.

«Lo sapevo, lo sapevo! Quando dico che non abbiamo più vent'anni e che gli acciacchi adesso li paghiamo tutti poi passo per la pesante. E invece... eeeeeeeetciù! Ecco qui!»

«Lea, mamma mia, che sarà mai? Di anni ne hai trenta, mica settanta!»

Andrea, con gli occhi ancora stropicciati, si spalma abbondanti passate di burrocacao sulle labbra, secche per il troppo alcol.

«Ragazze, non mi sono struccata.»

«NOOOOOOO VIOLAAAAA!»

«Sì, lo so, erroraccio. Ma tuttora ci sono delle sere in cui non ce la faccio proprio.»

«Be', meglio di quando usavi le salviettine struccanti.»

«Erano comode, però!»

«Sì, comode e cancerogene!»

«Va be', a vent'anni vale tutto.»

«Eh, appunto» ribadisce Lea con aria di rimprovero.

«E che palle che seiiiii! Pesantona!»

Andrea si lancia con un tuffo a bomba sul letto, schiacciando il sedere di Lea, che emette un urlo di dolore. Viola si butta su tutte e due, formando una torre di corpi e risate.

«Ma, in tutto ciò... Martino?»

«Adesso gli scriviamo, così capisco cosa ha intenzione di fare della sua vita.»

Andrea prende l'iPhone e digita su WhatsApp: "Noi sveglie. Ci troviamo tra un'ora al molo?".

«Ok, ma quindi?» insiste Lea. «Ha intenzione di fare il suo addio al celibato con noi? Cosa ci fa qui?»

«Addio al celibato?» Viola scatta subito sul letto, come trafitta da una lama.

«Be' aprite le orecchie: non ci sarà nessun addio al celibato. E neanche nessun matrimonio!»

«Matrimonio?»

Adesso Viola è decisamente confusa. Lea invece è sconvolta.

«Oh cazzo! Non si sposa più?!»

Andrea si rende conto di non aver aggiornato nessuna delle sue amiche. Era così presa dall'eccitazione e dagli eventi, la sera prima, che non si è preoccupata di dare spiegazioni.

«Be'... sì. Mi ha mandato un messaggio la notte del concerto di Cesare e mi ha detto che aveva mandato tutto a monte. Poi mi ha chiesto dove fossimo, perché voleva raggiungerci. Ancora neanche io ho avuto modo di parlarci e non so bene cosa sia successo. Me lo posso immaginare, però...» Quest'ultima frase Andrea la dice con tono provocatorio.

Viola è ancora impietrita.

«Insomma, Lea, tu lo sai come la penso.»

«Ok, però non ti puoi fissare che siccome a te lei non piace dai per scontato che prima o poi tra loro finisca. Un matrimonio saltato a ottanta giorni dalle nozze è una tragedia!» Lea si immedesima nei protagonisti della storia e non può che rattristarsene. «Chissà lei, poverina...»

«Allora, innanzitutto non è che non mi piaccia *lei*» specifica Andrea, che inizia a infervorarsi ed entrare nella parte teatrante. «Non mi piace Martino con lei. Con la sua famiglia aristocratica, i loro brunch della domenica, la fabbrichetta di famiglia dove l'hanno subito risucchiato.

Lui, che voleva girare il mondo! E poi non ho detto che non è una tragedia, ma forse che... magari... si sta inconsapevolmente salvando la vita!» Le altre provano a intervenire, ma lei ormai è inarrestabile: «Io ho sempre voluto che lui fosse felice. E sì, con lei all'inizio lo era, ma poi si è spento piano piano. La famiglia di lei è insopportabile, hanno sempre deciso tutto loro! Tutto! E Martino a un certo punto si è arreso, si è lasciato trascinare».

Finalmente, si ferma per riprendere fiato. Si gira lentamente verso Viola, che guardava un punto nel vuoto.

«Viola?»

Viola pensa a Damiano, a quanto la sua vita e quella di Martino siano ironicamente simili. Una relazione da farsi andar bene, un lavoro incastrato a tutti i costi, desideri accantonati, sogni irrisolti.

«Scusate, è che non sapevo niente di Martino. Mi spiace molto...»

L'iPhone di Andrea emette un trillo.

«Ecco, si parla del diavolo... Martino dice ok per vederci tra un'ora. Dài, prepariamoci! Ci restano solo le ultime ventiquattr'ore in Toscana e poi via! Si riparteeeeeeeeeeeee!»

Camminano lentamente verso il molo, il sole è già di quelli che scottano, lasciando i segni delle canotte e la pelle ad aragosta.

«Viola, hai messo la protezione 50+?»

Andrea continua a spalmare crema sulle braccia, ossessionata dal terrore dell'eritema. È talmente bianca che sembra un mimo.

«50? Ma siamo a fine giugno! E sono le undici, mica le due!»

«Va be', Lea, ho capito. Questa è rimasta la solita di sempre. Non si strucca la sera e si spalma la Nivea Blu per abbronzarsi. Non ha ancora capito che ha superato la soglia dei trenta...»

Viola scoppia a ridere. «E tu invece sei sempre la solita esagerata, o bianco o nero! Tra la protezione 50+ e la Nivea ci sono altre mille possibilità. Tipo la 20 o la 30.»

«Sì, va be', con la 30 io eritema assicurato!»

Martino le aspetta appoggiato al muretto del molo, in tutto il suo metro e novanta, la camicia bianca di lino, gli immancabili jeans e i ricci che si muovono leggeri, accarezzati dalla brezza marina.

Andrea gli salta al collo. «Ma lo sai che da lontano sembri quasi un figo?»

«E tu invece sempre la solita nana!»

«Be', ha ragione» commenta Viola divertita.

«Chi?» provoca lui con un sorriso.

«Tu, ovviamente... Andrea sembra nana anche da lontano!»

Si mettono a ridere insieme. Il ghiaccio si sta rompendo.

«Oddioooo! Guardate che carino quel bar con gli ombrelloni azzurri! Ci sediamo lì a bere un caffettino?»

Gli altri non se lo fanno ripetere due volte. Si siedono e ordinano i loro caffè.

Freddo per Martino.

Normale per Viola.

Macchiato per Lea.

Macchiato con latte senza lattosio, non troppo lungo ma nemmeno troppo corto, in tazza grande e con un po' di schiumetta – «Ha presente la schiumetta quella che si può fare col frullino, tipo quella del cappuccio?» – per Andrea.

Chiacchierano divertiti della sera prima. Lea mostra i segni della bravata: un ginocchio sbucciato post caduta sulla pietra e un pacchetto di fazzoletti, a testimonianza del raffreddore.

«Che carina quella bancarellaaaaa!» la interrompe Andrea. «Guarda, vendono pure le borse di paglia! Quest'estate volevo proprio comprare una borsa di paglia. Dài, Lea, accompagnami!»

«No, Andrea, ti prego, ho caldo. Ci sono quaranta gradi!»

«Dàiiiiii Leaaaaa, non rompere!» insiste l'altra,

praticamente trascinandola giù dalla sedia. Come sempre, Lea si arrende di fronte alla testardaggine di Andrea.

Viola e Martino rimangono soli.

Guardano il mare, senza dire una parola.

«Com'è stato ritrovarsi?» chiede a un certo punto Martino.

«Bello.» Viola sorride girandosi lentamente verso di lui, mentre i lunghi capelli castani le si impigliano sul viso, trascinati dal vento.

«Non avrei mai immaginato che saresti partita. Non credevo neanche di trovarti qui.»

«Lo so... Diciamo che Andrea si è lasciata sfuggire le tue scarse aspettative nei miei riguardi.»

Si sorridono ancora, poi tornano ad ascoltarsi in silenzio, respirando l'odore del mare.

«Tu sei paranoica!»

Andrea ha confessato a Lea i suoi dubbi amletici su Viola e Martino, approfittando del giro alla bancarella. Adesso li fissa guardinga da lontano, in modalità ispettore Gadget.

«Io dico soltanto che quei due non me la raccontano giusta...»

«Andrea, le persone che non si vedono da una vita hanno bisogno di tempo per recuperare confidenza, non che in un lampo è tutto come prima! Non sono tutti come te!»

«Boh. Sarà. Ma a me questa storia non mi convince. E lo sai che io ho sempre ragione!»

«Scusa, e da quand'è che avresti sempre ragione?»

«Da oggi. Vedrai.»

20
Obbligo o verità

«Allora, ragazzi, visto che tanto il cagotto mi verrà comunque, portiamoci a casa anche quest'ultimo slancio da teenager: facciamo un falò e suoniamo la chitarra!»

Hanno deciso di trascorrere l'ultima sera in Toscana facendo una "spiaggiata". Niente bagno nude, però, solo il desiderio di godersi ancora un po' il mare, prima di ripartire per la prossima tappa: Roma.

«Andrea, ma secondo te qualcuno di noi sa accendere il fuoco?»

«Ma soprattutto: la chitarra? Chi ce l'ha?»

«Ok, lo so, lo so, era per dire... comunque mi rovinate sempre tutto eh?! Niente falò, niente chitarra e, ancora più grave, nessun bono che passa per caso da coinvolgere.»

«Hai sentito Niccolò, piuttosto?»

«Sì, l'ho sentito prima di cena. Gli ho detto che stavo scappando con un toscano surfista...»

«Sei proprio stupida.»

«Intanto prendi la Smemo che spuntiamo il bagno dalla lista, e poi leggiamo qualche altra pagina, vediamo cosa salta fuori!»

Stanno evitando accuratamente di chiedere a Martino della sua fuga. Aspettano che sia lui a dare un cenno, prima di bombardarlo di domande. Il suo stato d'animo è evidente: alternava momenti di risate senza pensieri a lunghi momenti di silenzio.

Lo hanno spedito nel suo albergo a recuperare qualche telo da stendere sulla sabbia, per sdraiarsi a guardare le stelle.

In sua assenza, Andrea non ce la fa più e domanda a Viola il perché di quella apparente distanza tra lei e Martino: «Va bene che non vi vedete da secoli, ma è lo stesso Martino di sempre!».

«Boh Andrea, che ne so? Non è che comando ogni mio gesto, e non siamo mica tutti come te, che ti basta un minuto per entrare in confidenza con chiunque!» risponde Viola, un po' risentita.

«Scusa, scusa... va be', ma cosa dite? Dobbiamo tirare fuori noi l'argomento con Martino?»

«No!» Lea è categorica. «Aspettiamo che sia lui a

parlarne, magari ha solo bisogno di razionalizzare il tutto...»

«Ok... e comunque non glielo dirò, che io l'avevo detto dal giorno uno che questo matrimonio non s'aveva da fa'!»

«Ma certo che glielo dirai.»

«Sì, hai ragione, glielo dirò.»

«Almeno abbi la delicatezza di farlo nel momento giusto» conclude Lea.

Martino è tornato con tutto il necessario. Comprese quattro birre e una boccia di rum.

«No scusa, e questa da dove è uscita?»

«L'ho rubata al bar dell'albergo.»

«No, va be'...»

«Volevo pagarla, ma non c'era nessuno... ho cercato anche la vodka alla pesca, ma non l'ho trovata!»

«Che schifo faceva la vodka alla pesca?»

«Eppure ce la bevevamo di brutto» ricorda Martino. «Dài, raccontatemi un po' di come è andato il concerto. Avete fatto la mossa Oasis?»

Andrea batte le mani ed esclama: «Cavolooooo giusto, non ci ho pensato!».

Martino si riferisce al concerto degli Oasis del 1996 al Palalido di Milano. Era andata così: Andrea e Laura, sua compagna di concerti e bravate, erano arrivate all'alba davanti ai cancelli. Erano in pole position e, all'apertura, avevano rischiato di morire schiacciate dalla folla. A salvarle era stata la loro altezza: essendo minuscole, erano riuscite a sgattaiolare tra la gente e si erano piazzate in prima fila.

Era da poco uscito *(What's the Story) Morning Glory?*, ed era la prima volta che li vedevano dal vivo. Li seguivano già da *Definitely Maybe*, e ovviamente speravano che i fratelli Gallagher non dimenticassero di cantare anche *Live Forever* e *Supersonic.*

Le luci si erano spente per dare il via all'esibizione del gruppo di supporto, e Andrea e Laura improvvisamente si erano ritrovate schiacciate contro la transenna. In tempo zero, Laura aveva iniziato a dire: «Non respiro più!» e Andrea era stata costretta a chiamare un omone della security per farla liberare. Con una perfetta mossa degna di Hulk Hogan, Laura era stata prelevata e portata nel backstage, e Andrea con lei. Non erano le sole a essere state male, c'erano altre ragazze sedute a riprendere fiato e i volontari della Croce Rossa erano presi in un continuo via vai.

Andrea si era accorta in quel momento che le scappava tantissimo la pipì e aveva approfittato della situazione per andare in bagno, che si trovava in fondo a una sala ed era chiuso a chiave. Andrea non ce la faceva più, continuava a saltellare da una gamba all'altra.

Sciacquone.

Chiave che gira.

Liam Gallagher che esce dal bagno.

«Hello.»

«Hello.»

«Everything ok?»

«Yes, thank you.»

Liam Gallagher. Santissimo cielo. Liam Gallagher. Porca di quella vacca. Liam Gallagher.

Andrea, immobile, l'aveva guardato uscire. Si era chiusa la porta dietro le spalle e aveva iniziato a saltare come una pazza. Poi si era resa conto che, se avesse fatto in fretta, forse l'avrebbe rivisto uscendo. E così, in una delle pipì più euforiche della storia, si era ritrovata a darsi pizzicotti sulle braccia, fremendo dall'emozione. Non vedeva l'ora di ritrovare Laura per raccontarle tutto.

Tornata alla zona "lazzaretto", aveva fatto una frenata improvvisa: Noel e Liam erano lì, a chiacchierare con tutte le ragazze senza fiato. Vicinissimi, tranquillissimi, a scambiarsi sorrisi e chiedere se stavano meglio. Gli Oasis in persona, preoccupati per la salute delle loro fan.

«Quanto era brutto Noel, non potete capire!» commenta Andrea, ricordando l'aneddoto.

«Ma una foto di quel momento non ce l'hai?»

«Eh no, cazzo. La macchina fotografica era rimasta nello zaino, vicino alle transenne. Ovviamente poi, per gli altri concerti, abbiamo usato la tattica del "oh-mio-dio-non-respiro" per finire in tutti i backstage.»

«E...?»

«E ha funzionato solo a un'edizione degli MTV days nel parcheggio di fronte a San Siro. L'unico che siamo riuscite a incontrare è stato Andrea Pezzi.»

Martino scoppia a ridere, poi propone, cambiando argomento: «Dài, facciamo un gioco... Il primo che sbaglia l'appello della nostra classe beve».

«Ma che gioco è, Martino?»

«Dài ragazze, lo facciamo in coro! Vi ricordate cosa succede a Lea tutte le volte che si prova a metterla in un coro? Tutti i tentativi falliti di fare *Fra Martino* a quattro voci?»

Lea stantuffa al solo pensiero. «Vi prego, però, non insieme, dài! Altrimenti lo sapete che perdo subito io! Facciamolo uno alla volta.»

«D'accordo, parto io» dice Andrea alzando la mano. «Via il dente, via il dolore.»

«Vai.»

«Abbiati, Aceti, Barbieri, Bertudi, Casoli, Carro...»

«Nooooooooo prima Carro e poi Casoli!»

E via col primo shottino.

«Ho capito, ma sono la prima, un attimo dàiiiii.»

«Polemica inutile, bevi doppio.»

L'unica che si ricorda tutto l'appello a memoria senza mai sbagliare è Viola, per cui gli altri, ormai più che alticci, la obbligano a recitarlo al contrario, dalla Z alla A. E inevitabilmente anche lei arriva al terzo rum.

In spiaggia si sta benissimo, è una sera mite: Martino indossa una delle sue camicie in lino che porta da maggio a ottobre, Andrea ha rubato la felpa col cappuccio a Lea per paura della cervicale, lasciando a Lea il suo giubbino di jeans, mentre Viola ha chiesto la felpa a Martino e se l'è infilata sopra il vestitino a fiori.

«Ok, ragazzi, è il momento di giocare a obbligo o verità» propone Andrea, con espressione da furba.

«Ma come si giocava a obbligo o verità? Serve la bottiglia?»

«Noooo, quello è il gioco della bottiglia!»

Andrea, in una risata senza motivo, si butta su Viola, che perde l'equilibrio e finisce su Martino, rovesciandogli il rum sulla camicia.

«Niente, è ubriaca, è ufficiale» sentenzia lui.

«Dai alloraaaaaaaaaa, si giocaaaaaa?»

«Ma sì, va bene, possiamo usare anche la bottiglia per obbligo o verità.»

«Prendiamo quella della birra.»

«Oh raga, ve lo dico adesso: non fatemi incazzare

rifiutandovi di dire o fare cose. Facciamo così: non si può scegliere la stessa cosa per più di due volte di fila, ok?»

Andrea mette subito in chiaro le regole, agguerritissima.

Pronti. Partenza. Via.

Primo giro di bottiglia.

Andrea. «Ecco, me la sono tirata… Verità!»

Lea esordisce con la domanda del secolo: «Qual è la più grande cazzata che ci hai detto?».

Andrea alza gli occhi al cielo e scoppia a ridere.

«Ce l'ho! Vi ricordate quel giorno che sono svenuta in classe? E voi eravate tutti preoccupati? Che poi era arrivato mio padre a prendermi?»

«Sì» rispondono tutti e tre in coro.

«Ecco, ho finto di svenire!»

«Ma cosa cazzo stai dicendo?»

«Giuro! Non avevo studiato niente di matematica e quella stronza della prof mi avrebbe interrogata sicuro. Mancavamo io, quella secchiona della Castrovilla e Gaia, che era assente…»

«No, ma tu non ce la fai…»

«Avevo pianificato tutto: ero entrata in classe già con la faccia sbattuta, non mi ero tolta il cappotto – per attutire meglio il colpo – e appena la prof è arrivata sono ruzzolata giù dalla sedia.»

«Ma sei rimasta "svenuta" per un botto di tempo! Io mi ricordo che mi ero presa un colpo» esclama Lea.

«Cosa ne sapevo di quanto tempo dura uno svenimento?»

«Che poi la prof. aveva preso una boccettina di profumo e te l'aveva messa sotto il naso, per vedere se ti riprendevi!»

«Esatto! Lì ho capito che forse dovevo svegliarmi.»

«La cosa più incredibile è che non hai confessato nulla neanche dopo!»

«Dovevo reggere il gioco anche con i miei, no?»

«Dài, gira la bottiglia» la esorta Martino.

Lea.

«Obbligo o verità?»

«Obbligo.»

«Ma sei scema?»

«Ok, chi decide?»

«Non devi ridere per cinque minuti» interviene Viola.

Lea, chiaramente, scoppia subito a ridere.

«Beviiiiiiiii!»

Altro giro. Martino.

«Verità.»

«Matteo mi ha mai fatto le corna con Camilla?»

«Eh no, Andrea, non ci credo! Quanti anni sono passati? Duecento? Ancora con 'sto Matteo!» È Viola a riprenderla.

«Va be', tanto lo so che me le ha fatte... Dài, allora fagliela tu un'altra domanda a Martino, Viola.»

«Perché non vuoi più sposarti?»

Sul gruppo cala il silenzio.

Martino abbassa lo sguardo, prende una sigaretta dal pacchetto di Camel, l'accende, aspira il fumo e poi lo soffia rumorosamente fuori. Rialza lo sguardo e, fissando Viola, le risponde: «Perché ho accettato solo ora il fatto che probabilmente non è lei che voglio».

Viola, sfuggente, si allunga verso le sue sigarette e se ne accende una.

«Dài, Marlon Brando, poi non dire che io non te l'avevo detto» bofonchia Andrea, nel goffo tentativo di alleggerire l'aria.

Lea le tira uno scappellotto in testa: «Scusala, Martino, a più di trent'anni non ha ancora imparato che deve contare fino a dieci prima di parlare. E ne avevamo già discusso!».

«Lo so, lo so» risponde però lui. «L'ho sempre saputo, brutta rompicazzo. E odio doverti dare ragione anche questa volta.»

Andrea gli salta al collo abbracciandolo.

«Poi quando ci passa la sbronza ne parliamo seriamente, ok? Adesso dobbiamo far bere Viola che è la più sobria.»

Altro giro. Martino.

«Di nuovo???»

«Obbligo.»

«Vai in quel bar e fatti offrire un'altra bottiglia di rum.»

«Sì, così ci ricoverano.»

«Ok, vado.»

Martino torna con una bottiglia di Pampero mezza piena.

«Eh, non vale!»

«Invece sì, non avevi detto piena! Adesso bevete voi e io vi guardo!»

«Stronzoooo!»

Altro giro. Lea.

«Verità.»

«Qual è la tua fantasia mai confessata?»

«Farlo con una donna.»

«Uooooooooooooooooo, hai capitoooooooooo...»

Altro giro. Andrea.

«Verità.»

«Quale degli ex di Lea e Viola ti faresti, tuttora?»

«Mmmm vediamo, vediamo... qui la faccenda si fa hot... Allora, sicuramente di Viola mi farei... come si chiamava il bono ricchissimo tutto tatuato?»

«Ma chi? Pietro?»

«Va be', ma lui chi è che non se lo farebbe?»

«E di Lea?»

«Mmmm no di Lea nessuno. Però lei si sarebbe fatta un mio ex. Anzi l'EX per antonomasia.»

«Veramente era lui che si sarebbe fatto lei, e anche tanto...»

«Mamma mia, credo di avere ancora i messaggi che mi mandava in uno dei miei quadernetti!»

«Guarda, me li ricordo io a memoria. Roba tipo: "Siamo adulti e vaccinati... rispondimi, se il problema è Andrea la eliminiamo. Ho sempre voglia di baciarti, di fare l'amore con te. Sei intrigante...".»

«Ti aveva tirato scema eh?» Martino se la ride sotto i baffi.

«Che stronzo! Sapeva che ero in difficoltà...»

Altro giro. Viola.

«Finalmente!»

«Verità.»

«Ci hai mai mentito?» È Andrea a chiederglielo.

Viola, colta alla sprovvista da quella domanda tagliente, senza ragionarci su risponde d'impulso: «Sì».

«Su cosa?» interviene Lea.

«Non posso.»

Fermi tutti. Silenzio. Il momento di goliardia e leggerezza si è improvvisamente smorzato.

«Viola?» Ad Andrea trema lo stomaco. Forse è l'alcol a sconvolgerla così. «Avanti, parla.»

Viola si ritrova in tempo record in mezzo a un casino.

Non può mentire un'altra volta, non potrebbe più farlo. All'improvviso tutte le sue sovrastrutture crollano. Non è colpa di Andrea, non è colpa di nessuno. Questo momento, in fondo, l'ha desiderato lei.

Arrivare a questo punto significa solo una cosa: deve dirglielo.

A loro, ma anche a Martino.

21
Rivelazioni

Viola chiude gli occhi per prendere fiato.

Aspetta che l'aria le riempia tutti i polmoni fino a raggiungerle lo stomaco e insinuarsi nelle viscere.

Gli occhi tremanti di Andrea la puntano, irrequieti e ansiosi, mentre quelli di Lea la scrutano interrogativi.

Abbassa lo sguardo, e inizia a sfilarsi e rinfilarsi lentamente i sottili anelli che le ricoprono le dita.

«L'estate della maturità, ve la ricordate? L'avevamo aspettata pazientemente, l'inverno ci era sembrato infinito. Quando abbiamo scelto di andare a Lipari tutte insieme ero euforica. Se ci ripenso ancora non so come abbiamo fatto a organizzare tutto senza Internet...»

Se la ricordavano, certo. Se non fosse stato per la zia Lina, parente di Viola, che dal suo pesante telefono grigio con la ghiera di plastica aveva fornito tutte le indicazioni sulla “sua” Lipari, chissà dove sarebbero finite. «Pi muturini affittati c’è Santuzzu a Marina Lunga, chi è amicu mei» le aveva detto. «Dicci chi sì ma niputi, si no chiddu ti fa pagari assai.» Con diecimila lire al giorno si erano fatte tutta la vacanza, scorrazzando sui motorini invece di aspettare ogni mezz’ora il piccolo autobus che portava alla spiaggia di Canneto, sempre pieno di corpi sudati e che Lea guardava disgustata.

«Io non mi sono mai sentita libera come quell’estate» continua Viola. «La fine della scuola, il futuro che ti aspetta a braccia aperte e ti chiede solo di scegliere chi vuoi diventare… Ho ancora conservata la treccina con i fili di cotone colorati che ci siamo fatte fare in una delle bancarelle di Marina Corta. Quando siamo tornate, il sapore di quella vacanza mi è rimasto addosso. Agosto è stato un mese strano. Malinconico. Sono successe delle cose, mentre voi preparavate i test di ammissione, che forse non so spiegare bene neanche io… Sono andata in Puglia perché avevo bisogno di stare un po’ da sola. Quando sono tornata, voi insistevate per vederci, ma io non ero pronta. Poi vi siete impuntate e siete venute lo stesso da me. Io non stavo bene, correvo sempre in bagno, vi ricordate?»

«Certo, sì…» conferma Lea. «La sera prima avevi mangiato le cozze…»

«Ecco, sì. Solo che… non erano state le cozze a farmi star male.» Viola prende fiato, poi lo dice: «Ero incinta».

«Oh cazzo!»

Lea si porta la mano alla bocca, letteralmente sotto shock.

Andrea è impietrita. Per la prima volta nella sua vita non riesce a proferire parola, neppure un verso, un gemito o un'espressione. È come se avesse trattenuto il respiro sin da quando Viola ha iniziato a parlare e adesso non riuscisse più a buttare fuori l'aria.

Martino guarda la sabbia, con i gomiti appoggiati sulle ginocchia e le mani tra i capelli.

«Ero confusa, terrorizzata. Non sapevo cosa mi stesse succedendo, cosa stesse accadendo al mio corpo. Avevo paura di mia madre, del suo giudizio. La notte piangevo, volevo prendermi a pugni la pancia, urlare, liberarmi di quel peso. Soprattutto, volevo stare da sola e non dirlo a nessuno. Una sera di nascosto ho preso il motorino e sono andata in un consultorio. Ho chiesto informazioni sull'interruzione di gravidanza e ho trovato un obiettore di coscienza che mi ha fatto sentire una merda, mi ha dato della ragazzina irresponsabile. Ma io ero una ragazzina. Una ragazzina spaventata.»

Adesso tutti la guardano, ma nessuno ha il coraggio di interromperla.

«Poi, una mattina, mi sono svegliata e ho avvertito una

strana sensazione di pace. Come se ogni cosa cominciasse ad assumere un senso, per quanto strano, difficile, confuso. Ho iniziato ad accarezzarmi il ventre e ho sentito che potevo farcela, che tutto si sarebbe risolto, che magari non era la vita che avevo sempre immaginato ma che qualcosa dentro di me stava nascendo, e non l'aveva chiesto, ma ero io che in qualche modo l'avevo fatto accadere. Volevo dirlo a mia madre. Avevo bisogno di sfogarmi, di sconfiggere quella paura. Decisi di farmi una passeggiata. Mentre camminavo, però, mi sono sentita mancare. Faceva molto caldo, quel giorno, e il sole mi batteva sulla testa. Senza rendermene neanche conto, mi sono trovata con la faccia per terra. Dei signori mi hanno accompagnata in un bar a bere dell'acqua, mentre la proprietaria mi chiedeva se volessi chiamare i miei genitori. D'improvviso mi sentii paralizzata. Avevo la minigonna di jeans, e sotto di me avvertivo la paglia bagnata della sedia.

«Mi sono sentita crollare il mondo addosso. Non capivo cosa stesse succedendo e, nello stesso tempo, non avevo il coraggio di alzarmi e scappare in bagno perché mi vergognavo da morire. Iniziai a piangere. La signora scacciò subito tutti e mi prese dolcemente per mano, poi mi accompagnò in bagno.

«Avevo tutto lo slip sporco di sangue, come se fosse un ciclo abbondante, ma ancora più forte.

«La proprietaria cercò di calmarmi, fu molto dolce,

mi aiutò ad asciugarmi e poi mi accompagnò a casa in macchina. Prima di scendere mi fece una carezza e mi disse solo una frase: “Ricordati che una mamma non può mai giudicare una figlia, dentro il suo cuore saprà sempre come capirti. E perdonarti”.

Dissi tutto a mia madre. Piangendo a dirotto. Mi abbracciò in silenzio con lo sguardo sofferto di chi aveva capito quanto la sua rigidità e l’ossessione del fare sempre ciò che è “giusto” avessero costruito intorno a me un muro di paure, volto a non deluderla mai, allontanandomi sempre più da lei.

Mi portò dalla ginecologa, che confermò l’interruzione di gravidanza e mi rassicurò, dicendomi che ero ancora molto giovane e questo non avrebbe inciso sulla mia futura possibilità di diventare madre.

«Mi ripromisi sin da subito di rimuovere ogni cosa, dalla mia testa e dal mio cuore. Era successo tutto così velocemente, sono stata madre e non madre nel giro di un paio di mesi, e non avevo avuto il tempo di abituarmi a nessuna delle due condizioni.»

«Ma quando era successo?» domanda Lea. «Con chi...»

«È stato dopo la mia prima volta.»

Martino scatta di colpo, tirando su la testa.

Andrea è sconvolta: «Ma che cazzo dici?! La tua prima volta è stata con quel coglione di Alessio!».

Martino continua a fissare Viola, con gli occhi sgranati e tremanti.

Andrea è incontenibile, l'agitazione le offusca il cervello. «Viola mi vuoi spiegare cosa cazzo stai dicendo?»

Una sensazione di ansia le sale alla testa, accompagnata da uno strano presentimento. Si gira di scatto verso Martino che, ancora immobile e attonito, guarda Viola con gli occhi umidi.

D'un tratto, i puntini si uniscono, come in una violenta accelerata. Tutti i pezzi si ricongiungono freneticamente, formando un disegno dai due volti che conferma ciò che la sua testa le suggerisce da giorni.

«VAFFANCULO!» grida, incoraggiata dal rum. «VAFFANCULO VOI DUE! FALSI! BUGIARDI! MI FATE SCHIFO!»

Andrea scappa via scalza, lasciando tutte le sue cose.

«Andreeeeea! Dove vai?» Lea prova a fermarla. «Ragazzi, la raggiungo. È fuori di sé, quando è così bisogna calmarla.»

Raccoglie la borsa, le scarpe e gli asciugamani e affannosamente le corre dietro.

Sono rimasti loro due, da soli.

Viola non ha ancora il coraggio di alzare la testa, ma sa che gli occhi di Martino sono lì a cercare una risposta.

«Io... tu... Cioè, non posso credere che... Era la tua prima volta? La tua prima volta con me?»

22
Amicizia

Andrea ha passato una notte d'inferno.

Si è alzata un milione di volte, e ogni volta, nel dormiveglia, percepiva la strana sensazione che qualcosa non andasse. Poi si ricordava il motivo e, con gli occhi sbarrati, continuava a rigirarsi nel letto.

È andata in bagno almeno tre volte, e ogni volta, passando accanto al letto di Viola, ha fatto una smorfia di disprezzo.

Il fatto è che non riesce a spiegarselo. Lei non è una persona che porta rancore, ma la confessione di Viola non è una cosa da nulla, su cui passar sopra come niente fosse.

Continua a tornare indietro nel tempo e trova indizi sempre più chiari, espressioni e gesti che solo adesso assumono un significato. All'improvviso, tutti quei fastidiosissimi luoghi comuni sulle persone che "non si smette mai di conoscerle" le sembrano tristemente veri. Come ha fatto Viola a tenere per sé quel segreto? Di cosa ha avuto paura, in tutti questi anni? Che cosa le ha impedito di confidarsi con lei?

Come spesso succede quando qualcosa non va, Andrea ha iniziato a mettere in discussione i suoi comportamenti. Era forse stata anche colpa sua? Quel suo modo di fare senza filtri, la sua abitudine di dire sempre tutto quello che pensava... Era per questo che Viola non si era sentita di rivelarle il segreto? Forse aveva paura di un suo giudizio?

No, non può crederci. Non può credere che Viola la conosca così poco, che non sappia che dietro la maschera da donna sicura Andrea è sempre stata una persona fragile. E comprensiva. Una che può passare ore a pensare e ripensare ai gesti fatti, alle parole dette, ai comportamenti avuti. Eppure, la sua amica aveva deciso di non confidarsi con lei, e aveva portato avanti la bugia per tutti quegli anni.

"L'ho forse spaventata?" si chiede adesso Andrea. Non lo sa. Le sembra tutto così assurdo.

È sveglia dalle quattro del mattino. È uscita nel piccolo terrazzino della camera e si è accesa una sigaretta, sperando di calmarsi un attimo. Niente.

È troppo incazzata, è incazzata con tutti: con Viola, con Martino, e pure con Lea, che riesce a dormire tranquillamente.

"Che poi io dico, capisco all'inizio, quando l'hai appena scoperto, ma poi, poi cazzo, come fai a tenerti dentro un segreto del genere? Vuol proprio dire che non te ne fotte niente di me. Di noi..."

Si sente tradita, mortificata, lei che ha sempre condiviso tutto, ogni emozione, ogni dubbio, ogni segreto.

«Non raccontare sempre tutto nel dettaglio alle tue amiche, Andrea» la rimproverava sua madre quando chiudeva una delle sue infinite telefonate di aggiornamento.

«Perché no, mamma? Guarda che anche loro mi dicono tutto.»

«Impara a tenerti qualcosa anche per te.»

Col passare degli anni, un po' ha imparato. Crescendo, le scelte di vita e i rapporti con le persone cambiano, si evolvono: a un certo punto non è più necessario sentirsi ogni pomeriggio per raccontarsi tutto quello che passa per la testa. A diciott'anni, però, le sue amiche erano tutto per lei: una spalla su cui piangere, un muro contro cui sbattere, uno specchio, l'altro punto di vista. Succedeva qualcosa? Lei voleva solo condividerlo. Ecco, lei.

"Ma porca miseria, ma quello stronzo di Martino, che mi ha raccontato pure i segreti più segreti di chiunque, compresi i suoi, come cazzo ha fatto a nascondermi una cosa del genere? Come ha fatto a continuare a vedermi per tutti questi anni e nascondermi la verità?"

Andrea inizia a fare uno più uno. Dopo la maturità, di ritorno dal viaggio a Lipari, lei e Lea erano partite con le rispettive famiglie per la Sardegna e, tra un bagno e l'altro, si erano buttate a capofitto nei test di ammissione per le università.

Viola invece, a sorpresa, se n'era andata in Puglia, e loro, un po' per ingenuità, un po' perché travolte dall'entusiasmo da quasi matricole, avevano pensato fosse l'ennesimo colpo di testa di Viola "l'imprevedibile". Cazzo. Vero. Anche Martino era partito, era andato addirittura in Asia, con la scusa del corso di fotografia, che invece di durare tre settimane era durato sei mesi. Aveva viaggiato tra il Vietnam e l'India prendendosi un anno sabbatico. "E io che pensavo: guarda che figo Martino, che cerca di seguire da subito i suoi sogni, che coraggio. Sì, certo. Invece era solo scappato, il vigliacco, erano scappati tutti e due. Altro che coraggio, la loro era paura di affrontare le cose."

Verso le sei, quando la prima luce del mattino attraversa le persiane verdi e i garriti dei gabbiani cominciano ad augurare il buongiorno, Andrea riesce finalmente a riprendere sonno.

Quando si sveglia, in camera non c'è nessuno. La valigia di Lea è già sulla porta, quella di Viola ancora aperta ai piedi del letto. Andrea ha gli occhi stropicciati e gonfi, il mal di testa di chi ha pianto e bevuto insieme. L'unica cosa che vorrebbe fare è tornarsene a casa. Ancora in pigiama, scende a fare colazione e le vede sedute al tavolo nel piccolo dehors dove è allestito il buffet – brioche, marmellate e una torta fatta in casa dalla proprietaria dell'albergo.

«Buongiorno, signorina, cosa le porto? Il solito cappuccio di soia con tanta schiuma e cacao?»

Andrea adora chi si ricorda le scelte dei suoi clienti, anche solo dopo un giorno.

«Sì, grazie.»

«Si sieda pure con le sue amiche, glielo porto subito!»

Lei ringrazia e si avvicina al tavolo.

«Ciao.»

«Ciao.»

Con Viola si salutano senza nemmeno guardarsi in faccia.

Lea, come fa sempre in situazioni simili, cerca di smorzare la tensione: «Andrea, assaggia la torta della signora, è incredibile!».

«Cosa c'è dentro?»

«Le ciliegie.»

«È allergica.»

«Sono allergica.»

Viola e Andrea lo dicono contemporaneamente.

«Ecco il suo cappuccio.»

«Grazie...»

«Ma che musi lunghi, questa mattina! Siete tristi perché ripartite?»

«Eh sì, signora» risponde velocemente Lea. «Ma sa che la sua torta è spaziale?»

«Grazie, se vuole dopo le do la ricetta, ma non deve dirla alle sue amiche.»

«Allora la dia a lei» commenta sottovoce Andrea, riferendosi a Viola.

«Perché? Lei è quella brava a cucinare?»

«No, a mantenere i segre...»

«Sììì lei è bravissima!» interviene Lea alzando la voce.

Viola resta in silenzio.

Andrea può diventare davvero la persona più insopportabile della terra, quando si sente ferita. È in grado di andare avanti per giorni con frasi dal sarcasmo irritante e provocazioni che mettono a dura prova i nervi di chiunque.

Fa colazione velocemente, in silenzio. Beve il suo cappuccino e mangia una brioche alla crema, fregandosene delle conseguenze che il burro e il latte potrebbero scatenare.

Poi, quando ha ripreso le energie, inizia a rivolgersi a Lea come se Viola non esistesse: «E sai qual è il bello di tutto ciò? Che sicuramente si sono pure divertiti a prenderci per il culo. Gli sguardi, i silenzi, l'imbarazzo, quella domanda fatta a bruciapelo a Martino, Martino in versione Brando che si accende la sigaretta e la guarda intensamente, e noi lì come due stronze, all'oscuro di tutto... E si è pure indispettita quando le ho chiesto perché era fredda con lui, "Non siamo mica tutti come te, Andrea"... Eh no di certo, se fossero stati tutti come me non saremmo a questo punto...».

Viola si alza spazientita, senza aprire bocca, e se ne va.

Andrea ne ha anche per Lea: «E tu come cazzo fai a essere sempre così neutrale? È possibile che non prendi mai una posizione?».

«Cosa dovrei fare, scusa? Ci sei già tu che ci stai andando giù pesante, a che serve rincarare la dose?»

«Ma tu non ti senti presa in giro? Cazzo, in queste situazioni sembra sempre che tu stia dalla parte di chi ha torto. Anche quella volta con Giulia, che praticamente ci aveva mandate affanculo perché per lei contava solo essere felice con quel coglione dell'ex fidanzato, che si è poi rivelato lo schifo in persona. E a 'sto giro uguale, proprio come allora, io che mi incazzo e tu lì a far finta di niente.»

«Andrea, senti, ma tu che ne sai di cosa hanno provato Viola e Martino in quel momento?»

«Non lo so, infatti, perché non ce l'hanno detto. E non cercare di farmi la morale, ok? Che proprio non ci sto.»

«Guarda, lasciamo stare, tanto quando sei così è impossibile parlarti. Quindi sbollisci pure da sola. Basta che ti muovi, perché dobbiamo lasciare la camera.»

«No, io non vado da nessuna parte.»

«Finiscila. Vuoi dirmi che abbiamo fatto tutto questo bordello per niente? Non mi fare incazzare» la avverte Lea, e si dirige anche lei verso la stanza.

Martino le aspetta fuori dall'hotel. Appoggiato sul cofano della sua auto, gli occhiali scuri e i capelli spettinati, bermuda blu e una T-shirt bianca.

Viola, senza nemmeno salutarlo, va dritta verso il bagagliaio della macchina di Lea.

Lui le va incontro per aiutarla con la valigia.

«Ce la faccio, grazie.»

«Tutto bene?»

«Sì, figurati, una meraviglia.»

«Ciao, Lea.»

«Ciao, Martino.»

Andrea tira il suo trolley sulla ghiaia facendo quanto più rumore possibile, per attirare l'attenzione.

«Dài» li esorta, «allora facciamo finta di niente e ripartiamo tutti per Roma? Viola, tu vai in macchina con Martino. Sicuramente avrete tante cose da dirvi!»

«Andrea, per favore, non esagerare» le dice Martino, serissimo. «Così non fai altro che peggiorare le cose.»

«Figurati, agli ordini» lo provoca lei. «Continuiamo questa bella recita tutti insieme!»

Gli altri non raccolgono la provocazione e salgono in macchina in silenzio. Martino da solo, loro tre insieme.

Si mettono in viaggio intorno alle dieci, contando di arrivare a Roma all'ora di pranzo.

Hanno scoperto che questa sera in piazza di Spagna ci sarà una sfilata di moda. Quando hanno visto la pubblicità dell'evento, nelle loro teste si è accesa la memoria di tutti quei programmi di inizio estate che guardavano quando erano piccole in televisione, quando dalle scalinate di piazza di Spagna scendevano fluttuanti le top model più top di sempre: Naomi, Claudia, Cindy, Eva, Linda, Kate, Helena.

Il punto della lista su cui tirare una riga è: ballare con Jo Squillo. Possibilmente *Siamo donne*. Sanno che presenzierà alla sfilata, e sperano di trovarla in prima linea, con uno dei suoi vestitini di paillette, pronta a intervistare tutti i vip.

Secondo il programma, Viola ha il compito di procurare gli accrediti per tutti. Adesso, però, l'atmosfera è molto diversa rispetto a quando hanno stilato quel piano. Ciò che di magico c'è stato finora nel viaggio si è chiaramente smorzato: le risate, i ricordi, le emozioni condivise, tutto appare come se qualcuno avesse premuto il tasto "freeze".

Lea ha messo su uno dei loro CD, ma niente, nessuna canzone sembra fare effetto. Lei insiste, inizia a cantare, ma nessuna delle altre due dà cenni di ammorbidimento.

Andrea passa tutto il tempo al telefono su WhatsApp. Lea ha sbirciato: sta scrivendo a Niccolò. Sicuramente gli ha già raccontato tutto.

Viola ha ricevuto una chiamata veloce da Damiano – o meglio, ha risposto forzatamente alla terza chiamata consecutiva di Damiano.

«No, Damiano, non ci fermiamo nella spa di Guido. Ti ringraziano anche le ragazze, ma non abbiamo tempo, dobbiamo arrivare a Roma entro sera… Sì, certo. Dài, Damiano, ma sì, dài, sono in macchina… sì, anche tu mi manchi…»

Si è vergognata tantissimo, in quel momento. Andrea le ha lanciato uno sguardo fulminante dallo specchietto retrovisore, lei ha abbassato gli occhi e si è rimessa le cuffie per ascoltare la musica da sola.

Mentre i Green Day decidono di suonare, con un tempismo perfetto, *Time of Your Life*, squilla il telefono di Lea in bluetooth e nell'altoparlante rimbomba la voce di sua madre.

«Amoreeeeeee, dove siete?»

«Sto guidando, mamma, ti sentono tutti.»

«Ciao, ragazzeeee! Dove siete? Come state? Cosa fate? Avete bevuto?»

«Mamma, sono le undici del mattino, ti pare?»

«E che ne so, queste bravate da ragazzine magari vi hanno dato alla testa…»

«Mamma, dài, cosa c'è?»

«Niente, era un saluto.»

«Ah ok, allora ci sentiamo dopo…»

«No, aspetta, non mi hai detto dove siete…»

«Stiamo andando a Roma.»

«Uuuuh che bello, allora dico alla zia Iole che passate a salutarla!»

«No, mamma!»

«Ma come no? Sta vicino a Roma, è a Campagnano, disterà sì e no quaranta minuti dal centro! Che dite, la fate una deviazione? La povera zia Iole ha ottantadue anni, le farebbe un gran piacere ricevere una bella ventata di gioventù.»

Uno, due, tre, quattro…

«Sì, signora» interviene Andrea, per salvare Lea dall'imbarazzo. «Passiamo molto volentieri.»

«Allora le dico che arrivate per pranzo, così vi fa i supplì.»

Non avevano scelta.

«Ragazze, mi dispiace…» si scusa Lea, dopo aver chiuso la telefonata.

«Dài, vengo io con te» propone Viola.

«Non credo proprio!» esclama Andrea. «Anzi, guarda Lea, fermati al prossimo Autogrill così la lasciamo con Martino. Io ho bisogno di non vederli per un po'.»

Lea decide di assecondarla. Andrea certe volte sa essere molto prepotente, ma in questo caso lasciare le cose come stanno non può portare a nulla di buono.

Alla prima area di sosta, mette la freccia.

Quando si fermano, Andrea scende per andare in bagno e Martino la segue.

«Andrea, mi dispiace, te lo giuro… Eravamo piccoli, io non avevo nemmeno capito che per lei fosse la prima volta… cazzo, sono disorientato, Andrea, hai capito cosa mi sta succedendo?»

«Sì, ho capito. Come ho capito che non mi posso più fidare di te.»

«Andrea, dài, per favore.»

«Chissà quante altre cazzate mi hai raccontato.»

«Invece no, e lo sai. Quella è davvero l'unica cosa che non ti ho detto.»

«Io e Lea ci fermiamo da sua zia per pranzo, sta vicino a Roma. Tu e Viola proseguite, avrete davvero un sacco di cose da dirvi… non stavo scherzando, prima.

Forse è il momento di mettere un po' d'ordine nella tua testa e nel tuo cuore.»

«Signorina, la moneta?» la custode all'entrata dei bagni interrompe la loro conversazione.

Quando tornano, Viola è già seduta sul sedile anteriore della macchina di Martino.

Andrea torna dal bar con una bottiglia d'acqua e due Estathé, senza guardare in faccia nessuno.

Sale in macchina, si infila le cuffie e guarda fuori dal finestrino.

23
Nessun rimpianto, nessun rimorso

«Lo sapevate che Campagnano è l'ultima tappa della Via Francigena, prima di Roma? Volete vedere dove arrivano i pellegrini?»

«No, zia, davvero, stiamo poco, dobbiamo andare a Roma.»

«Mamma mia, tutta 'sta fretta... Siete sempre tutti lì a dire e a pensare: non c'è tempo, non ho tempo, quello che manca è il tempo, e poi vi dimenticate di godervelo, 'sto tempo, perché mentre vi lamentate lui va.»

«Ha ragione signora, me lo dicono anche i miei genitori.»

«Proprio tu, Andrea, che sei sempre quella che vuole tutto subito! Per ottenere le cose ci vuole tempo.»

Quasi per riflesso condizionato, Lea canticchia tra

sé: «*Tieni il tempo / con le gambe e con le mani / tieni il tempo / non fermarti fino a domani!*».

Si sono incamminate lungo la strada che portava all'arrivo dei pellegrini, intorno a loro gli altopiani coltivati, i grandi valloni scavati da fossi e pendici ricoperte da boschi allo stato naturale.

Il tipico luogo che ti apre la mente e ti placa gli umori.

Zia Iole vive lì da tantissimo, si è sposata con Marcello quando aveva solo diciannove anni. Lui ne aveva dieci in più, aveva vissuto la guerra e si era portato dietro ricordi più o meno felici.

Era stato un lampo, quell'amore. Uno di quei colpi di fulmine che durano per tutta la vita. Marcello si era trasferito a Milano e aveva trovato lavoro alla Breda. Erano gli anni Cinquanta, per le strade la gente aveva voglia di ridere, di ballare, di distrarsi.

Iole l'aveva incontrata in un bar, davanti a un juke box. Lei era china per scegliere una canzone. Aveva infilato una monetina, schiacciato un numero e una lettera e aveva fatto partire Elvis Presley con *Don't Be Cruel*. Lui aveva subito colto l'occasione per invitarla a ballare. L'aveva fatta volteggiare con leggerezza, osservando il suo sorriso mentre piroettava, schivando con destrezza la bellissima ruota che faceva la gonna del suo vestito.

Se n'era innamorato follemente, e se l'era portata via. Per Iole, trasferirsi a Campagnano non era stato facile, ma in poco tempo era riuscita a crearsi il suo giro di amiche, con le quali tuttora giocava a carte e faceva lunghe passeggiate.

Andrea ama ascoltare i racconti del passato, ed è lo stesso per Lea, che li ha già sentiti tantissime volte ma non si stanca mai di riviverli attraverso le parole della zia.

«Dove avete lasciato l'altra vostra amica? Mi ha detto tua mamma che eravate in tre.»

«Viola c'è» conferma Lea, «ma siccome ha litigato con Andrea l'abbiamo lasciata con Martino, un altro nostro amico che ci ha raggiunte e ha lasciato la moglie a ottanta giorni dalle nozze. Abbiamo scoperto una cosa sconvolgente che riguarda loro due, Martino e Viola, quindi Andrea si è arrabbiata e non li vuole vedere per un po'... Hai capito?»

«No, niente.»

«Ecco, sempre colpa mia, ti pareva.»

Senza badare troppo all'amica, Lea ricomincia a raccontare alla zia tutta la storia.

«Ma si rende conto, signora?» esclama Andrea alla fine. «Per tutto questo tempo ha mantenuto quel segreto! E noi, in teoria, eravamo le sue migliori amiche! Per non parlare di Martino...»

«Care ragazze, con il passare degli anni capirete che non tutto è condivisibile. Ci sono "segreti", come li chiamate voi, che è difficile raccontare, o che semplicemente si preferisce tenere per sé. E non importa da quanto tempo o con quanta confidenza le persone siano legate, a volte la paura vince su tutto. Non dico che sia giusto, ma è così. Quando arrivi a una certa età capisci che alcune cose le devi soltanto accettare. Ognuno ha i suoi perché e non per forza devono essere condivisi con tutti.»

«Va bene, signora, lei però dopo questa storia ha scelto di sparire dalle nostre vite... È praticamente fuggita in Spagna!»

«Andrea, adesso tu sei arrabbiata, ed è giusto così, ma portare rancore non è mai servito a nessuno. L'orgoglio rovina le relazioni e tante volte, poi, ce ne rendiamo conto troppo tardi. Piuttosto, cerca di capire il perché. Parla con lei, sii indulgente. Non ha senso, adesso, dare tanto peso a un momento del passato.»

«Ma lei ha sofferto e ha scelto di non condividere il dolore con me... con noi.»

«L'amicizia non si basa sulla quantità di segreti detti o non detti, Andrea. L'amicizia si basa sulla comprensione e il rispetto.»

«Ma zia, come fai ad avere sempre ragione?» domanda Lea.

«Vuoi che ti ricordi quanti anni ho? Due o tre esperienze credo di averle vissute anch'io! E adesso, forza, continuate il vostro viaggio verso Roma. I vostri amici vi aspettano.»

24
Siamo donne

Viola e Martino passano il resto del viaggio verso Roma in totale silenzio.

È successo tutto troppo in fretta: da una parte non hanno avuto il tempo di elaborare l'accaduto, dall'altra sono scivolati nuovamente nel ricordo di quel dolore.

Sono lì, l'uno accanto all'altra, ma in realtà non sono mai stati più lontani di così. Neanche quando Viola gli aveva detto che avrebbe lasciato l'Italia per iniziare un percorso di studi in Spagna, abbandonando tutti i progetti su cui, insieme ad Andrea e Lea, aveva fantasticato tra i banchi di scuola. Martino aveva provato a chiederle di restare, ma il dolore di Viola era una lama che le bloccava il respiro e le offuscava la vista. Si era rivestita di una pellicola protettiva, l'aveva ben avvolta intorno al cuore e alla testa, mettendo su quell'espressione compunta di chi sa sempre cosa fare.

Quando prendeva una decisione, Viola era irremovibile.

Aveva deciso di rifiutare e respingere con forza tutto ciò che le era accaduto, stravolgendo ogni suo piano di vita e allontanandosi da qualunque cosa potesse riportarla lì.

Era sempre apparsa come la più forte, la più decisa, un punto di riferimento per tutti. Una colonna incrollabile.

E invece quella volta, si era sentita doppiamente tradita dalla vita. La sua *prima volta*, quella che ogni adolescente immagina nei suoi sogni, quella delle attese, delle palpitazioni, dei brividi lungo la schiena, dei respiri che si intrecciano. Del non saper che fare, dei ritmi scoordinati, dell'imbarazzo di non essere adeguata, del buio e del pudore. E infine della scoperta.

Con Alessio di quinta B non era andata fino in fondo. A un certo punto, il cuore le aveva detto stop. Il giorno dopo, però, la voce che avessero fatto sesso si era rincorsa lungo i corridoi dell'istituto e lei aveva lasciato credere a tutti che fosse così. Non le era mai importato del giudizio della gente, e in più per tutta la scuola loro erano considerati la coppia perfetta, quella che faceva sospirare le ragazzine e sognare gli adolescenti. Lei bella, sicura di sé, misteriosa al punto giusto, lui spavaldo e strafottente, con la moto 125 e il sorriso più bello di tutti gli anni Novanta.

Anche con Andrea e Lea era stata vaga. Del resto non era una dai grandi dettagli, non come Andrea almeno, che raccontava le sue storie così minuziosamente che spesso bisognava fermarla: «Sì, ok, abbiamo capito, evitaci questi particolari intimi».

Andrea.

Viola continua a guardare fuori dal finestrino ripensando alla sua reazione della sera prima. Lo sapeva, sapeva che avrebbe reagito così. Lo aveva immaginato miliardi di volte. Una volta, durante il primo rientro in Italia per Natale, era quasi arrivata al punto di confessarle tutto. Ma non ce l'aveva fatta.

Da lì, il tempo aveva inghiottito ogni cosa.

Arrivano al b&b prenotato da Lea, all'interno di un palazzo d'epoca dietro Castel Sant'Angelo.

Prima di entrare nelle rispettive stanze, Martino azzarda: «Facciamo una passeggiata dopo?».

Viola sa che è arrivato il tempo di parlare, che non è più il tempo di tirarsi indietro, e che è giusto così.

«Ok.»

Si ritrovano nella hall dopo poco, e si mettono a camminare in una Roma rovente, piena di turisti dalle spalle ustionate.

Viola si ferma a bere da un “nasone”, poi proseguono fino a raggiungere il ponte Umberto I.

Una volta arrivati, con uno scatto felino, lei si siede sul cornicione, facendo tribolare Martino.

«Scendi.»

«Ancora con la paranoia delle vertigini?»

«Diciamo che non voglio averti sulla coscienza...»

Martino si lascia andare a un sorriso, il primo segno di armistizio. Viola ne abbozza uno in risposta, poi scende, appoggiandosi con i gomiti sul cornicione.

La cupola di San Pietro si erge in tutta la sua maestosità davanti ai loro occhi. Accanto a loro, una coppia di cinesi con l’asta per selfie scatta foto in maniera compulsiva mantenendo sempre la stessa espressione.

«Perché non me l’hai detto?» domanda Martino a bruciapelo.

«Detto cosa?»

«Viola...»

«Cosa sarebbe cambiato?»

«Nulla, appunto.»

«Non lo so Martino, non sono cose che si dicono in quei momenti. O forse in fondo non volevo lo sapessi.»

«Sarei stato attento. Più premuroso.»

«Lo sei stato. Lo sei sempre.»

Due adolescenti accanto a loro si stanno scambiando un lunghissimo bacio. Di quelli infiniti, che solo a sedici anni possono durare così.

Martino li guarda e inizia a recitare: «*I ragazzi che si amano si baciano in piedi / contro le porte della notte / e i passanti che passano li segnano a dito / ma i ragazzi che si amano / non ci sono per nessuno…*».

«Jacques Prévert» conclude Viola. È una delle sue poesie preferite.

«Mi spiace per quello che è successo con Andrea.» Martino abbassa gli occhi.

«Lo so. Pensavo glielo avessi detto, in tutti questi anni. Non credevo avresti mantenuto il segreto. Noi ci siamo perse, ma tu sei rimasto accanto a lei…»

«Ti avevo fatto una promessa.»

Viola torna a guardare nel vuoto.

«Sto provando ad avere un figlio con Damiano.» Le parole le sono scivolate di bocca senza pensare. «Cioè, sto provando ad avere un figlio» si corregge poi.

Martino resta in silenzio.

«Ma non ci riesco» aggiunge lei. «Ci proviamo da un anno.»

Non sa neanche lei perché lo stia dicendo proprio adesso, proprio a lui. O forse sì.

«Arriverà.»

Martino ha quel suo sguardo rassicurante, quello

che è in grado di far tornare la calma anche in mezzo a un ciclone impazzito.

«E se invece non arriva? E se invece l'unica occasione che la vita mi ha offerto è volata via sedici anni fa?»

«Non sarà così.» Lui le appoggia una mano sulla spalla, scivolando in una carezza che le raggiunge la mano.

Come spesso è accaduto in passato, il cuore di Viola si calma.

Ritornano sui loro passi, verso l'albergo, camminando lungo il Tevere.

Quando scende dalla macchina, nello sguardo di Andrea qualcosa è cambiato.

Corre incontro a Viola e l'abbraccia fortissimo, come solo lei è in grado di fare.

Poi scoppia a piangere.

«Vaffanculo! Sei una stronza! Ma chissà quanto avrai sofferto, non posso pensare di non esserti stata vicina in quel momento... E comunque la vita il tempo non ce lo regala, quindi va bene. Adesso siamo qui, viviamoci questo tempo. Quest'ultimo rantolo di libertà, di follia, di spensieratezza...»

Viola la stringe forte e sorride a occhi chiusi. "La solita melodrammatica" pensa tra sé.

«Quando avrai voglia di parlare io sarò qui, e ti

ascolterò» aggiunge poi Andrea, cantilenando, come i bambini.

Il suo cuore finalmente si è liberato. Lo sente leggero, pulito, curato.

All'improvviso, a Lea parte la risata a stantuffo. E così si ritrovano a ridere e piangere tutte e tre, come delle sceme.

Martino le guarda da lontano, con il sorriso di chi già sapeva che sarebbe finita così.

«E non ridere tu da lì! Che ancora dobbiamo fare i conti!» lo cazzia subito Andrea.

«Ok, ok, dopo facciamo i conti, ma intanto... Chi li vuole tre biglietti per il backstage di Altamoda Roma con Jo Squillo?»

25
Imprevisto: uscite gratis di prigione

«Oh, comunque io ci metterei la firma. Arrivare all'età di Jo Squillo con quel fisico...»

«Dài, chi va con Martino in macchina?»

«No, ragazze, tranquille, preferisco viaggiare da solo.»

«Oooooook.»

Si rimettono in viaggio intorno alle undici, dopo aver fatto colazione a Trastevere e tirato una riga al punto 2 della lista.

Jo Squillo è stata super carina, piena di entusiasmo. Martino ha anche fatto un video di loro quattro che ballano cantando: «*Siamo donne, oltre le gambe c'è di più...*».

Andrea recupera la Smemoranda e ricomincia a sfogliarla in cerca di cimeli imbarazzanti. Su tutti, vincono la cannuccia e il cartone delle patatine fritte di Burghy, tappa fissa del sabato per le adolescenti milanesi degli anni Novanta. Il programma era sempre lo stesso: ritrovo davanti a Fiorucci, pranzo da Burghy e poi tutte a fare shopping da Onyx. I maschi, invece, andavano da Footlocker o all'Astra Games, la mega sala giochi che c'era in piazza Duomo.

«Mamma mia, ma che brutte erano le maglie della Onyx con le bambine tamarre con le gambe secche secche e le scarpe giganti?»

«Eppure impazzivamo.»

«Certo, tutte vestite uguali.»

«E vogliamo parlare degli angioletti di Fiorucci?»

«No, va be', io avevo la collezione! Conservavo anche le scatole di latta, stupende. Le ho ancora a casa dei miei!»

«Ragazze: ho trovato la foto di classe. Mi sto sentendo male.»

Andrea scoppia in una risata senza sosta alla vista dell'istantanea formato 13x18, appiccicata su un cartoncino bianco panna con dietro le dediche di tutti i compagni.

«Vi prego, indovinate com'era vestito Martino?»

«Con la tutaaaaaaa.»

«Che babbo, ogni volta che c'era la foto di classe se ne dimenticava ed era l'unico *sempre* in tuta!»

«Dài, descrivi tutti» la incita Lea, che è al volante e non può girarsi.

«Oddio, guarda, qua c'è la Carro!»

«No, ragazze, dovete dirmi che fine ha fatto la Carro!»

«Lo so io» interviene Viola. «L'ho incontrata a un paio di sfilate, lavora in showroom da Gucci. Prima faceva l'indossatrice di scarpe per i buyer da Sergio Rossi e poi è diventata venditrice per Gucci. Si è rifatta il naso, però!»

«Ma noooo, era troppo caratteristico il suo naso. Guardalo qua!»

«Andrea, finiscila, il suo naso era inguardabile, dài. Ha fatto bene!»

«Che stronza che sei, Lea!»

«Eh, però ha ragione!»

«Comunque qui è Lea quella che sa che fine hanno fatto tutti!»

Lea in effetti è sempre aggiornata sulle sorti dei loro ex compagni di classe. È andata alla pizzata Amarcord che hanno organizzato l'estate scorsa – anzi, è stata proprio lei a sbattersi per pianificare tutto: ha creato l'evento su Facebook e contattato gli invitati uno per uno. Gli unici assenti erano Viola, per ovvi motivi, Andrea, perché era a un concerto per lavoro, e quella secchiona della Casoli, che dopo essersi laureata in Fisica era partita in giro per il mondo a fare la ricercatrice biomedica.

«Adesso vive in America in un paesino sperduto, nessuno la sente più… anche perché lei odiava tutti.»

«Vero. Non passava mai bigliettini durante le verifiche, e guai a chiederle di copiare i compiti di qualsiasi materia!»

«E Luciano Cerri?»

«Ragazze, di Luciano Cerri so tutto io!» esclama Andrea, gasatissima. «Vi ricordate che era innamorato cotto di me?»

«Certo! Ve ne andavate sempre in giro insieme, voi due punkabbestia. Lui con i suoi rastoni e tu con le ciocche viola fatte con le bombolette chimiche, che oggi sarebbero fuori legge… Lui ci sperava sempre. L'hai illuso, povero.»

«Che bello, mi ricordo che andavo la sera a casa sua a vedermi i film: *Noi, i ragazzi dello zoo di Berlino*, *Trainspotting*… Con *Jack Frusciante è uscito dal gruppo* eravamo in fissa, l'avremo rivisto un milione di volte! Alla gara di atletica mentre correva gli cantavo la canzone: *Questa è la storia del nostro amico Alex / che si era innamorato di Adelaide detta Aidi / lui pedala, pedala, pedala arriva in cima / si guardano negli occhi, si siedono vicini…*»

«Oddio sììì! E io mi ricordo che Matteo, che ancora odiavi, aveva concluso col pezzo finale: *Nun ce n'è, nun ce n'è, per il povero Alex, nun te la dà!*»

«Che fastidioso!» commenta Lea.

«Comunque, Lucio ha una mega storia incredibile. Dopo la scuola si era iscritto in Statale, non mi ricordo a quale facoltà, e lì si è perso via, ha iniziato a drogarsi un bel po', cocaina, serate strane... Io lo beccavo in treno ogni tanto mentre andavo a lezione. Si vedeva parecchio con Elisa, poi ho scoperto che anche lei aveva preso una brutta piega. Be', insomma, a un certo punto mi ha raccontato che si era invaghito di uno che aveva conosciuto al Tocqueville. A fine serata erano usciti a limonare e a pastrugnarsi proprio davanti alla discoteca, sul muretto del parcheggio.»

«Oh mamma, e poi?»

«E poi li hanno denunciati per atti osceni in luogo pubblico.»

«Ma che cazzo dici?»

«Giuro!»

«E adesso dov'è?»

«Adesso vive a Glasgow, è sposato, anzi no, forse non sono sposati... Comunque ha una bambina bellissima di due anni.»

«Ma con chi è sposato? Uomo o donna?»

«Donna! Tra l'altro è super conosciuto in Scozia, o perlomeno a Glasgow, perché si è messo a fare street food italiano: pizza, panzerotti e focacce. Praticamente è uno chef! Si è reinventato così. Mi sembra stia proprio bene, adesso, lo sento ogni tanto su Facebook, ci facciamo un po' di like e ci scriviamo.»

«Scusa, e Maggi e Rosati?»

«Allora, Rosati credo abbia divorziato, perché l'ultima volta che l'ho visto era dimagritissimo, era con la bambina, che ormai è grande, e parlava al singolare. Era andato a lavorare in Spagna dal fratello, che aveva un'azienda di trasporti. È lì che ha messo incinta la mamma di sua figlia, poi si sono sposati qui. L'amante di Andrea, invece...»

«Ma quale amante, scemeeeeee!»

«Insomma, Maggi è da poco diventato padre. Lui, se vi ricordate, è stato il primissimo ad aprire a Milano uno di quegli spazi h24 dove ti prendi il cibo e te lo puoi scaldare lì. Poi è finito a fare il commerciale per una casa editrice in Svizzera. Ma tu l'hai mai più sentito?» chiede Lea, rivolta ad Andrea.

«Certo che sei stata proprio una cazzona, in quell'occasione» aggiunge Viola.

«Pensa che Martino e Filippo sono ancora convinti che in gita ad Atene abbiamo limonato, invece niente, un cazzo. Mi ricordo che ero terrorizzata all'idea di tradire Matteo... Una volta mi ricordo che ho spento il cellulare perché ero a casa di Maggi da sola e avevo paura chiamasse Matteo. No, anzi c'era anche Cerri, ma poi siamo rimasti da soli, però non abbiamo fatto niente... Mamma mia, ci scrivevamo di quei messaggi incredibili, mi ricordo anche qualcosa legato a *I ponti di Madison County*. Boh, forse mi aveva regalato il libro e sottolineato tutte le frasi d'amore più belle. Sono proprio stata una babba. E chissà quante corna mi avrà messo Matteo, invece...»

«Ancoraaaaaaa!»

«Che poi, Andrea, se ci pensi, all'epoca era molto più facile tradire: non c'erano prove, non c'era nessuno che poteva taggarti o menzionarti su Instagram o Facebook, era la tua parola contro la sua: o credi a me o credi a lui.»

«Mi piaceva un botto, comunque. Per lui avevo messo in dubbio i sentimenti che provavo per Matteo, ero andata in mega crisi... Certo, è anche vero che, se avessi ceduto, Matteo lo avrebbe scoperto e probabilmente l'avrebbe massacrato.»

«Sicuro.»

«Ma il trio Abbiati, Aceti, Lanzone?»

«Allora...»

«Lea, cazzo, ma non è possibile che sai tutto di tutti!»

«Ragazze, ho mantenuto i rapporti. Ok?»

«Ma non è vero, dài, sei solo una pettegola!»

«Va be', lo volete sapere o no? Allora, vi ricordate che la Lanzone era stata con Aceti per un milione di anni? E che la sua migliore amica Abbiati se l'era scopato perdendo la verginità su un divano a casa di qualcuno?»

«Maria santissima, l'avevo completamente rimosso.»

«Di Flavia Abbiati non abbiamo notizie, so che aveva sofferto un botto per la perdita di sua mamma, adesso credo sia sposata e abbia due bambini, ma non so cosa faccia e nemmeno dove viva. La Lanzone invece è impiegata in un'azienda e ha un bambino con uno, ma niente di che. E poi c'è il mito di Aceti, che si era trasferito prima in Germania e poi a Londra. Sperava di diventare il banker del secolo, poi si è fidanzato con una modella che gli ha fatto fuori tutti i soldi, è tornato e adesso si è sposato la sua vicina di casa. Mi ha sempre fatto morire dal ridere, lui. Un eterno *wannabe*.»

«Chi manca?»

«Ferrini.»

«Lo so, lo so!» interviene Andrea. «L'ha contattato Martino un po' di tempo fa, quando con Filippo si erano inventati l'idea che li avrebbe fatti diventare miliardari e avevano chiesto a Ferrini di sviluppargliela. Lui è un megasuperprogrammatore, usava il pc quando ancora non esisteva.»

«E poi?»

«Eh, poi Martino e Filippo non hanno portato avanti l'idea, lui ha creato la sua start-up e sviluppato una super applicazione per affittare appartamenti. Poi è arrivato Finding House ed è rimasto fregato.»

«Ma noooooo poverooooo.»

«Quanto manca a Salerno?»

«Boh, io sto seguendo Martino, visto che almeno lui può usare Google Maps…»

«Dài, Andrea, guarda sull'Atlante, tu che lo sai usare.»

«Mmmm, dove siamo?»

«A venti chilometri da Caserta, diceva il cartello poco fa.»

«Allora ancora un'oretta.»

«Ma che ne sai?»

«Boh, ho sparato a caso!»

Hanno il traghetto per la Sicilia stasera. Devono andare da Lollo di quarta B, dirgli che è un figo e scappare.

«Ma qualcuna ha trovato l'indirizzo di Lollo?»

«Macché…»

«E allora dove andiamo, scusate?»

«Boh, intanto arriviamo a Messina, poi capiamo. Qualcuno che ci dice dove abita lo troviamo…»

«Ah sì? Cosa facciamo, andiamo dal panettiere e chiediamo: "Scusi, sa dove abita Lollo?"?» interviene Lea, sarcastica.

«Grazie a Facebook sappiamo che vive a Siracusa, intanto questa è una notizia.»

«Martino giocava con lui a basket, magari sa qualcosa in più...» suggerisce Viola.

«Ma quando hai capito che ti piaceva Martino?»

Ad Andrea la domanda sorge spontanea. Vuole sapere.

«Non l'ho mai capito, in realtà.»

«Che vuol dire, scusa? Com'è possibile?»

«Sono stata travolta, in un certo senso...»

Vengono interrotte dal telefono di Lea che squilla, l'ennesima chiamata di sua madre.

Dopo, nessuna delle due torna sull'argomento. Ad Andrea, però, quella risposta non basta.

Quando arrivano a Salerno, Lea propone a Martino di andare a bere un bicchiere di vino insieme, solo loro due, per permettere a Viola e Andrea di parlare un po' e chiarirsi.

«La nave parte a mezzanotte, c'è ancora il tempo per fare un sacco di cose» rassicura le altre.

«Va bene, vi aspettiamo qui. Anzi, ci prendiamo due birre e le patatine?»

«Be', ma certo, che domande.»

Mentre Viola e Andrea si incamminano a piedi sul lungomare, Lea e Martino si addentrano verso il centro storico e decidono di fermarsi in un baretto con i tavolini all'esterno.

Ci sono solo persone del posto, perlopiù ragazzi che ridono e cazzeggiano tra un bicchiere e l'altro. La cameriera che arriva per servirli è giovanissima, molto bella.

«Comunque qui le donne sono bellissime, sono proprio veraci. Femmine» commenta Martino.

«Tu fai il bravo, che sei già nella merda abbastanza.»

«Cosa prendete?»

«Cosa consigli?»

«Un bel vino bianco fresco e qualche stuzzichino dei nostri? Mozzarella di bufala e un mix di frittini?»

«Ma sì, va', che ci frega. Per me un calice» dice Lea.

«Mi rifiuto» la blocca subito Martino.

«Se posso permettermi ha ragione, un bicchiere non basta!»

«Dài, così poi in nave dormi che è una meraviglia...»

«E va bene...»

Martino chiede da accendere ai ragazzi del tavolo accanto, che si stavano palesemente fumando una canna. Così, in scioltezza.

«Che buono l'odore della marijuana» commenta Lea. «È dal concerto di Vasco che non me ne faccio una.»

La cameriera torna con due calici, la bottiglia e tantissimo cibo. Lea e Martino iniziano a bere, e piano piano il vino li rilassa.

Lea ride per ogni cosa, poi fa qualche domanda a Martino su Chiara. Ogni frase che pronuncia in proposito inizia con: «Poverinaaa». Non c'è niente da fare, lei si schiera sempre con i più deboli, e Chiara in questo momento è la parte lesa.

«Martino, su, è una brava ragazza, di buona famiglia, vai d'accordo col padre e la madre, vi fate sempre delle belle vacanze, avete un sacco di amici... Cosa cerchi di più? Non mi dire che sei ancora convinto di voler fare il fotografo? Tienila come passione, no? Magari Chiara ti aiuta anche a fare una tua personale da qualche parte...»

«Lea, fosse così semplice. Anch'io pensavo di avere tutto quello che un uomo potesse desiderare, e invece mi sto accorgendo che no. Non è così. E non lo so se fra un mese o un anno me ne pentirò, non so nemmeno cosa farò e dove sarò. Ma credo di aver bisogno di inseguire la mia felicità prima di poterla dare a qualcun altro.»

«Secondo me dovresti darle un'altra possibilità» conclude lei, portandosi il bicchiere alla bocca senza centrarla e sporcandosi completamente il vestito.

È la goccia che fa traboccare il vaso: da quel momento in poi non riesce più a smettere di ridere.

I ragazzi dietro di loro improvvisamente si alzano, in tutta fretta. Prima di andarsene, uno di loro si avvicina a Lea e le mette una canna in mano: «Non so perché, ma qualcosa mi dice che è passato troppo tempo dal tuo ultimo concerto di Vasco. E poi, a te, stasera, manca solo questa! Te la meriti!» le dice, e poi rincorre gli amici, che hanno già girato l'angolo.

«Oh mio Dio.»

«Ma sì, Lea! Che vuoi che sia? Mettila via, che ce la fumiamo poi con le ragazze.»

«Ma io...»

Nemmeno il tempo di capire cosa sia successo che due uomini alti, ben piazzati e con lo sguardo deciso si avvicinano al loro tavolo, mentre altri due sono già dietro ai ragazzi appena andati via.

«Signorina, mi dica subito tutto quello che sa su quei ragazzi che le hanno venduto la canna. Chi sono? Ha dei contatti? Anche lei conferma che questa è la loro zona di spaccio?»

«Scusi, non capisco...»

«Fanno sempre così, danno appuntamento ogni volta in un bar diverso, all'insaputa dei proprietari. Si mettono fuori, consumano e poi, prima di andare, servono il cliente e scappano. Sono mesi che gli stiamo dietro.»

Martino sembra congelato. E Lea sta per scoppiare a piangere.

«Ma quale zona di spaccio, io non li ho mai visti, glielo giuro! Oh mio dio, adesso mi arrestano!»

«Signore» dice il poliziotto, rivolto a Martino. «Devo chiedervi di venire con noi in commissariato.»

Andrea e Viola sono appostate sul lungomare, sedute su una panchina con le loro Ichnusa e due vagoni di patatine rustiche.

«In poche parole, la zia mentore di Lea mi ha fatto capire che ognuno ha i suoi segreti e mille motivi per non dirli, e che il rancore e l'orgoglio fanno solo venire il mal di pancia. Anche se io credo che quello me l'abbiano fatto venire i quattro supplì. Però lo stesso vorrei che tu mi raccontassi, Viola...»

«Guarda, se non fossi così scema ti avrei già mandata a quel paese! Cosa vuoi sapere? Fammi delle domande.»

«Continuiamo il discorso che abbiamo iniziato in macchina: cosa vuol dire che sei stata travolta?»

«Che non c'è un momento preciso in cui mi sono detta "mi piace Martino", non c'è mai stato, non ho una spiegazione valida. Non era nemmeno una serata particolare, eravamo andati controvoglia al compleanno della Franzi, te la ricordi? Quella che stava con Massimiliano, in un cavolo di bar minuscolo, alle porte di Milano. Faceva un caldo pazzesco in città e ci sembrava l'unico modo per sopportarlo. La festa era stata una noia mortale e io e Martino abbiamo iniziato a cantare e a tirare in mezzo tutta la gente che c'era lì. Avevamo fatto, forse, già tre giri di rum e pera. Ti lascio immaginare. Risate, abbracci, canzoni a squarciagola. Quando siamo usciti, mi ricordo che ci siamo appoggiati a una macchina per prendere un po' d'aria e fumarci una sigaretta. Ecco, in quel momento è come se avessi visto qualcosa in più, una luce. Con lui stavo bene, ero me stessa, lo ero sempre stata. Mi sentivo protetta, come anche con voi due, d'altro canto, però in quel momento è come se mi fossi resa conto che solo con Martino i miei tormenti, le mie paure, il mio eterno bisogno di essere all'altezza delle aspettative di tutti, improvvisamente si assopivano. Con lui potevo dimenticarmi di qualsiasi cosa. L'uragano dentro di me si era calmato e, esattamente come dopo una tempesta, mi sembrava di sentire il silenzio tutto intorno.»

Andrea non fiata.

«Credo che in quel momento Martino abbia visto e sentito tutto questo… così mi ha baciata. Travolgendomi totalmente. Siamo rimasti così per tutto il tempo, a baciarci in silenzio, ci staccavamo solo per guardarci negli occhi, ci tenevamo le teste fra le mani e poi ricominciavamo, senza dirci una cazzo di fottutissima parola. Niente. È stato uno dei momenti più sereni della mia vita.»

«E poi?»

«E poi l'abbiamo fatto. Dopo quella sera, però, ho iniziato a respingere ogni sensazione, ogni sentimento, è stato come se mi fossi congelata, negavo a me stessa di provare qualcosa per lui. E forse avevo ragione, era stato semplicemente un bellissimo momento, ma nulla più. Era capitato. Con la sfortuna di aver tolto ingenuamente il preservativo, trasportati da quella sensazione di totalità del momento. Lui è venuto fuori, ma forse troppo tardi. O forse all'epoca rientravo in quella piccola percentuale di donne che rimangono incinte solo con una microgoccia di sperma.»

«E non te lo sei mai perdonato?»

«Come hai visto, no. Sono dovuta scappare, per non pensarci. Ho avuto tanta, tantissima paura, e un senso di colpa che ancora oggi mi porto dietro.»

«Mi dispiace Viola. Avrei potuto aiutarti...»

«No, non avresti potuto fare niente. Nessuno in quel momento poteva fare niente. Nemmeno Martino.»

Il cellulare di Andrea squilla in quell'istante.

È un messaggio di Lea: "Ci hanno arrestato".

26
Qui dove il mare luccica

«Ragazze, smettetela di ridere! Io stavo seriamente morendo di infarto. Ho rischiato di svenire per ben due volte!»

Andrea e Viola non riescono a riprendersi. Ridono senza riuscire a prendere fiato mentre, per l'ennesima volta, si fanno raccontare da Lea la scena di quello che ha tragicamente definito come "arresto" e che poi altro non era che un fermo con colloquio in caserma.

Hanno da poco sistemato trolley e borsoni dentro la cabina (strettissima) della stessa nave che hanno perso la sera prima a causa del "piccolo" incidente.

«Mi hanno detto che potevo chiamare qualcuno, e io ho pensato che potesse essere la mia ultima telefonata. Come lo spot della Sip del 1993, quello con Massimo Lopez. Quindi ho chiamato voi.»

Andrea lacrima, piegata in due sul lettino a castello più basso, con la faccia paonazza e il fischio di quando non riesce a fermarsi.

«Ma poi Massimo Lopez chiamava prima della condanna a morte! "Una telefonata allunga la vita" era il claim» sbiascica Viola lavandosi i denti e sputando dentifricio qua e là tra una risata e l'altra.

«Sentite, avrei voluto vedere voi! Meno male che c'era Martino a dare spiegazioni, perché io dopo che vi ho chiamate sono rimasta muta per tutto il tempo!»

Dopo la telefonata di Lea, Andrea e Viola sono corse subito alla caserma dei Carabinieri.

Martino le ha tranquillizzate, dicendo che li avrebbero rilasciati presto, ma quasi sicuramente avrebbero perso la nave di mezzanotte. A questa notizia, Andrea è andata totalmente nel pallone.

Viola, come sempre, si è dimostrata la più lucida, ha trovato un alberghetto vicino al porto e ha prenotato due camere per la notte.

«Potete aspettarci lì» ha detto Martino.

«Col cazzo che li aspettiamo in albergo! E se poi li portano in prigione?» ha protestato Andrea, ormai perfettamente a suo agio nella parte delirante di paladina della giustizia, pronta a tutto per salvare i suoi amici in difficoltà.

«Andrea, stai calma. Non ci sarà nessuna prigione, ma sono d'accordo con te, noi da qui non ci muoviamo.»

Hanno passato la notte su una panchina fuori dalla caserma.

Hanno sentito l'umidità del mare infiltrarsi nelle ossa, strette nel giubbino di jeans e nel k-way che per fortuna hanno avuto l'accortezza di portarsi dietro. Ogni volta che Andrea provava a chiedere notizie dei suoi amici, l'appuntato all'entrata rispondeva che non era tenuto a dare informazioni.

Alle 4.13 del mattino, finalmente, da lontano hanno visto spuntare la faccia sconvolta di Lea, bianca cadavere, con gli occhi rigati di sonno e terrore.

Andrea le si è buttata al collo, manco l'avessero liberata dopo anni di prigionia nei gulag siberiani, mentre Viola e Martino si sono scambiati un tenero sorriso.

«Sono felice di rivedervi, pensavo ci avreste lasciate andare in Sicilia da sole.»

«Non mi sarei mai potuto perdere la granita al caffè con panna e brioche.»

A mezzanotte della sera successiva, una volta saliti sul traghetto con tutte e otto le ruote delle loro auto, hanno tirato un respiro di sollievo, scoppiando in una grossa risata liberatoria. E adesso sono lì a ridere della loro piccola disavventura.

Martino bussa alla porta della loro cabina, interrompendo le sghignazzate.

Viola gli apre con la bocca ancora sporca di dentifricio e gli occhi che le ridono.

«C'è una luna incredibile, che illumina tutto il mare» esclama Martino. «Chi vuol venire sul pontile a vederla?»

«IO!»

Viola risponde d'impulso, ancora ubriaca di risate. Si sente leggera e felice, come se fosse improvvisamente tornata dentro le sue All Star fucsia e i jeans della Energie. Saltella tra le borse sparse nella piccola striscia di moquette che separa i lettini, recupera un golf e le sue immancabili Merit e poi si richiude la porta alle spalle con un urletto.

Andrea e Lea non osano interferire. Per la prima volta hanno riconosciuto il sorriso autentico della loro amica di sempre, e Andrea, in cuor suo, dopo l'arrabbiatura dei giorni precedenti, ha cominciato a fantasticare un futuro felice per loro quattro.

"Viola e Martino potrebbero sposarsi, così poi fanno un figlio e io divento zia doppia, perché sono tutti e due miei amici stretti. E poi con Lea e Tommi, e io e Nico, faremo sempre le vacanze tutti insieme, così magari anche i nostri figli cresceranno insieme e replicheranno le avventure di Andrea, Lea, Viola e Martino e..."

«Andrea? Ti sei incantata?» Lea conosce troppo bene quello sguardo, e sa che la sua amica probabilmente è già partita in quarta con le fantasticherie.

«No, niente, pensavo! Ma adesso ho sonno, quindi ciao, dormo.»

Spengono il piccolo faretto attaccato al muro di plastica ruvida, per sprofondare, dopo poco, in un lungo sonno.

«*E la luna è una palla ed il cielo è un biliardo...*»

Viola canticchiando ha acceso una sigaretta, aspira profondamente e poi porta il naso all'insù.

Sono ormai partiti da oltre un'ora e il mare aperto, con la sua distesa infinita, è l'unico orizzonte che c'è. La luna, questa sera, sembra davvero incantata. Il suo fascio di luce accarezza ogni cosa, regalando al mare una coperta bianca in grado di farlo risplendere nel buio.

Martino ha un'aria serena cucita sul viso. È bello, con quei fili grigi che ogni tanto si alternano alle curve nere dei suoi ricci.

È Viola a rompere il silenzio.

«Ma come ci siamo finiti noi qui?»

Martino sorride.

«Andrea.»

«... No, intendo al di là di Andrea. Qui, su una nave,

in mezzo al mare, in piena notte, alla volta della Sicilia, in questo viaggio folle...»

«Ah, non dirlo a me. Fra quasi tre mesi mi sarei dovuto sposare...»

Viola fa una pausa. Quella risposta improvvisamente le ha ricordato le loro vite precedenti, tutto quello che hanno lasciato in stand-by, come in una bolla di vetro.

«Come si chiama lei?»

«Chiara.»

«E cosa ha Chiara che non va?»

«In realtà niente. O meglio, siamo noi che non andiamo. O forse lei va con me, ma io non vado molto con lei. Soprattutto con la sua famiglia. Con le sue origini.»

«E niente di tutto questo è risolvibile?»

Martino si ferma un attimo a pensare a Chiara. Anche lui è stato preso da tutti gli strani accadimenti degli ultimi giorni. Sta vivendo una vita parallela, fatta di tuffi in picchiata nel passato e risalite verso il futuro, e il giramento di testa di queste montagne russe è la causa principale della sua assenza di pensiero.

«Chiara è una perla rara...» riprende. «Credo di non aver mai conosciuto un animo così nobile e sensibile. È dolce, comprensiva, fragile come un cristallo.»

Viola adesso prova uno strano senso di disagio, forse più simile al fastidio, non capendone il perché.

«So di essere fortunato ad averla accanto, quelle come lei non esistono più. Forse in realtà neanche la meritavo.»

Viola si sente improvvisamente coinvolta. L'immagine che Martino ha appena descritto è quanto di più lontano da lei possa esistere.

«Vieni con me!» Martino all'improvviso le prende la mano, cogliendola alla sprovvista.

«Dove andiamo?»

«Hai tu le chiavi della macchina di Lea?»

«Sì, le ho io...»

«Ok, allora seguimi. Ti faccio vedere una cosa.»

Martino la trascina nel pontile inferiore, verso il parcheggio.

«Ma non si può venire qui durante la navigazione!» protesta Viola. «Se ci beccano ci cazziano!»

Non capisce che intenzioni abbia, ma alla fine si arrende al suo volere. Salgono in macchina di soppiatto, cercando di non farsi vedere da nessuno.

Una volta seduti, Martino prende la Smemoranda, che Andrea custodisce gelosamente nel cruscotto del sedile passeggero.

La sfoglia rapido, fino ad arrivare al 10 agosto.

La data.

Il giorno in cui tutto è successo.

Al centro della pagina, una scritta con un pennarello blu.

Da quando abbiamo fatto l'amore ci penso spesso
A quanto è bello quando il sentimento si sposa col sesso
Eh, sarà stato il destino
A volte penso vorrei lo sai essere stato il primo
E poi ci penso e alla fine è lo stesso perché
Perché tanto non l'hai mai fatto come l'hai fatto con me!

by Martino

Sotto, il commento ignaro di Andrea: "Io la amo questa canzone! Ti vedo scritta su tutti i muriiii / Ogni canzone mi parla di teeeee! JOVA TI AMO FOREVER AND EVER!!!".

Viola sorride imbarazzata.

«*Lorenzo 1992*. Che album fantastico. Quello di Jovanotti fu uno dei miei primi CD. Avevo solo musicassette perché costavano meno, e il lettore CD era un lusso ancora per pochi. Poi, quando mio padre per Natale ci regalò il "bimbo" ultima generazione, raccolsi i soldi e comprai *Lorenzo 1994*, quello con la sua faccia in bianco e nero appoggiata alla mano...»

Martino infila il braccio sotto il sedile del guidatore e recupera il porta CD di Lea. Lentamente sfoglia le pagine piene di dischi, perlopiù masterizzati, le scritte con il pennarello indelebile ormai graffiate dal tempo.

Poi, d'improvviso, si ferma.

Sfila un CD, inserisce con attenzione l'indice nel buco centrale. Nel buio, lo lascia inghiottire dall'autoradio e spinge la freccia fino alla traccia numero 8.

Le note della chitarra invadono ogni angolo dell'abitacolo.

Come è strano incontrarti di sera / In mezzo alla gente / Salutarci come due vecchi amici / Ehi ciao come stai

Viola chiude gli occhi, risprofondando dolcemente in quegli anni. Prende a cantare a bassa voce, e Martino la segue: «*Parliamo un po' raccontami quello che fai / Sei la stessa che un giorno m'ha detto / "Non ti lascerò mai"?*».

In coro, insieme, si ritrovano a intonare a squarciagola: «*Io ti cercherò negli occhi delle donne / Che nel mondo incontrerò / E dentro quegli sguardi mi ricorderò di noi...*».

Lentamente Martino le si avvicina, accarezzandole dolcemente gli occhi ancora chiusi.

Chissà se si chiamava amore?

Adesso le sue dita le sfiorano il naso, delineandone i contorni. Viola apre gli occhi, tremante.

Adesso si guardano, senza avere più possibilità di fuga.

Martino a bassa voce le sussurra le ultime parole

nell'orecchio: «*In un angolo della mia mente / Ti continuo ad amare...*». Non sanno neanche loro cosa stia accadendo, ma le loro labbra si sono incontrate e adesso non riescono più a lasciarsi andare.

Si baciano lentamente, delicatamente, come i due adolescenti sul ponte Umberto I. Senza fretta. Si stanno riconoscendo e riscoprendo, in quel tempo che sembra aver premuto di nuovo il tasto "pausa" sulle loro vite.

Martino la accarezza ovunque. Quel corpo longilineo e affusolato, che non ha mai smesso di desiderare, è maturato diventando ancora più seducente. I capelli lunghi e ondulati profumano come allora, quell'aroma di muschio bianco che sembra non essere mai cambiato.

Viola riconosce la voglia di caffelatte sul petto di Martino mentre, lentamente, gli sbottona la camicia, e prende a baciarla dolcemente.

Cominciano a fare l'amore, dimenticando ogni cosa.

È la loro seconda prima volta.

Sanno che niente di tutto questo ha un senso, ma non importa a nessuno dei due.

Il passato e il presente si mescolano e si abbracciano in una danza sinuosa, a cui entrambi si abbandonano totalmente. Il ricordo struggente e violento di quanto hanno vissuto anni fa adesso li tiene uniti come colla, al punto che, al culmine dell'amplesso, Viola inizia a piangere senza una vera ragione.

Dopo, si accarezzano a lungo, ridono e scherzano mentre Lorenzo canta allegro *Serenata Rap*. La cantano anche loro, tutta d'un fiato, inceppandosi con le parole e tornando a ridere insieme come due ragazzini al primo giorno di vacanza.

Senza rendersene conto, si sono fatte le cinque del mattino.

La nave arriverà al porto di Messina alle otto, la sveglia in filodiffusione per allertare i passeggeri suonerà alle sette.

Sgattaiolano nelle rispettive cabine come due fuggitivi.

Viola rispolvera tutte le sue tecniche adolescenziali da Arsenio Lupin per non svegliare le amiche, che dormono serene ormai da ore.

Una volta appoggiata la testa sul letto, ha tirato un lungo sospiro e si è sentita inspiegabilmente felice.

Andrea apre un occhio e guarda l'ora.

Sorride e risprofonda nei suoi sogni, pensando: "Sì, i nostri figli cresceranno insieme, e la storia si ripeterà".

27
Teste di moro

I contorni frastagliati della costa siciliana cominciano a farsi vivi davanti ai loro occhi.

Il sole, già alto nel cielo, dà il buongiorno a un'ennesima meravigliosa giornata estiva, mentre il profumo del mare, vivace e invadente, si insinua in ogni spiffero nella grande sala colazione.

«Ahhhh, che profumo!» Viola respira a pieni polmoni e butta fuori l'aria con un intenso sospiro. «L'odore della Sicilia lo riconoscerei tra milioni, per me in qualche modo ha sempre rappresentato il profumo di casa.»

Viola ha origini siciliane. Sua mamma Olivia, messinese, si era trasferita al Nord dopo aver conosciuto il futuro marito durante un'esperienza di studio all'estero. Studiava Scienze politiche, stava preparando una tesi sul diritto delle Comunità Europee. Il suo professore di Economia internazionale le aveva procurato uno stage di due mesi in Lussemburgo, esperienza che aveva reso i suoi genitori orgogliosi, ma nello stesso tempo preoccupati. Soprattutto la nonna di Viola, severa e petulante mamma d'altri tempi: erano gli anni Settanta, in Sicilia non era così comune che le donne se ne andassero via di casa per esperienze universitarie di quella caratura.

Quelli passati in Lussemburgo furono, per Olivia, mesi bellissimi e proficui. Lei, che proveniva da un microcosmo dove tutti si conoscevano, dove la vita scorreva con i suoi punti fissi – il lungo viale dove fare le passeggiate il sabato pomeriggio, i pranzi della domenica, il futuro già scritto – incontrò tantissime persone di altri Paesi e trovò, finalmente, una risposta alla sua sete di ambizione, di indipendenza, di grandi sogni.

C'erano anche tantissimi italiani con cui era solita trascorrere il suo tempo libero, e tra di loro c'era Piero, un milanese dai modi gentili e gli occhi buoni.

Si innamorarono parlando di politica, di libri, del mare della Sicilia e della neve milanese. Quando fu tempo di rientrare a Messina, i suoi datori di lavoro chiesero a Olivia di restare: alla fine dello stage, volevano tenerla con loro.

Olivia si trovò davanti alla sua prima vera scelta di vita, e scelse il cuore.

Si sposò con Piero il 5 settembre del 1978, in Sicilia. Pranzo con gli amici e le famiglie in un ristorante vicino al mare, poi via, verso il piccolo appartamento milanese in zona San Siro, comprato con i risparmi dei genitori.

Viola è nata nel 1983.

Da quando ha memoria, le sue estati hanno sempre avuto il sapore della brioche col gelato, delle granite, del latte di mandorla e dei cannoli. Quella terra le ricorda le sue radici, momenti dolci e spensierati – il baccano delle cicale dopo pranzo, l'ondeggiare del vento sopra le colline, il sapore del sale sulla pelle fino a tarda sera. In un certo senso, si è sempre sentita molto più siciliana che milanese: quel sangue del Sud che le ribolle nelle vene per lei è qualcosa di cui andare fiera.

«Dài, raccontami la storia dei Mori!» esclama Andrea mentre spalma la marmellata sulla sua fetta biscottata.

Sono sedute tutte e tre a fare colazione, all'appello manca solo Martino che sta richiudendo il borsone.

Che ieri sia successo qualcosa tra Martino e Viola è evidente, l'unica a non accorgersene è stata Lea, che come al solito è caduta dal pero quando Andrea gliel'ha fatto intendere.

«Ancora fissata con questa storia?» chiede Viola sorpresa.

«Be', non me la racconti da quindici anni! Fai te!

Oppure puoi decidere di raccontarci nel dettaglio che cosa è successo stanotte!» la provoca Andrea con una risatina divertita.

«Ok, vada per i Mori!» risponde Viola senza esitazioni. «Dunque, un'antica leggenda narra che nel 1100 circa, durante il periodo della dominazione dei Mori, viveva in Sicilia una giovane e bellissima fanciulla che amava prendersi cura delle piante del suo balcone. Un giorno passò di lì un giovane moro che, notandola in tutta la sua innocenza e bellezza, se ne innamorò perdutamente, irrompendo nella sua abitazione e dichiarandole il suo amore. La giovane, colpita da tanta passione, ricambiò subito quell'amore. Un giorno, però, scoprì qualcosa che avrebbe spento per sempre la sua felicità: il bel moro sarebbe presto tornato in Oriente, dove ad attenderlo c'erano una moglie e dei figli! La fanciulla attese la notte, mentre il moro le dormiva accanto. Poi, pazza di dolore, gli tagliò la testa e ne fece un vaso per le sue piante. Da lì i vasi di terracotta a forma di teste, diffusissimi in Sicilia, detti appunto "teste di moro".»

Andrea la guarda con la bocca aperta e lo sguardo incantato che ha sempre quando qualcuno le racconta una storia che la colpisce e l'appassiona.

«Be', e allora?» chiede, come a volerne sapere di più, anche se ormai la storia è già finita.

«Be', allora la morale della favola è: mai fare incazzare una siciliana!»

«Chi ha fatto incazzare una siciliana?» Martino è finalmente arrivato, con i capelli arruffati e una tazzina di caffè in mano.

«Le teste di moro!» risponde prontamente Andrea.

«Ma cosa c'entraaaa!» Lea scoppia in una delle sue risate gracchianti, tirando uno scappellotto ad Andrea.

Tutti insieme, finiscono in fretta di fare colazione. Poi scappano giù alle rispettive auto.

La Madonnina del porto di Messina diventa sempre più grande davanti ai loro occhi. Ai suoi piedi, la scritta che benedice le navi che fanno il loro ingresso in città: VOS ET IPSAM CIVITATEM BENEDICEMUS.

Viola è salita in macchina con Martino. Ha scelto di godersi il momento senza imbarazzo e senza farsi troppe domande.

Il lungo cordone di auto si srotola lentamente fuori dalla pancia della nave. Il garrire dei gabbiani si disperde in ogni dove, complice il vento. In attesa al porto, amici, parenti, madri che scrutano ogni volto cercando di riconoscere i propri occhi di appartenenza.

La giornata si preannuncia molto calda. Prima di partire alla volta di Siracusa, hanno deciso di fermarsi un paio di giorni a Messina. Si concederanno una lunga giornata di mare e approfitteranno di Viola per farle fare da guida nella "sua" città, con tutte le tappe imperdibili: la granita da Irrera, gli spaghetti con le cozze di Ganzirri, il bagno nelle acque ghiacciate dello stretto, sotto il pilone di Torre Faro, dove Ionio e Tirreno si incontrano, la focaccia di La Bella.

D'improvviso, una frenata brusca.

«Oh cazzo!»

«Martino, ma cosa fai! Stavo quasi sbattendo la faccia sul parabrezza!»

Viola si tira i capelli all'indietro guardandolo con fare interrogativo.

Gli automobilisti dietro di loro hanno preso a suonare all'impazzata, intrappolati dentro la nave a causa del suo stop ingiustificato.

Martino è una maschera di pietra.

Sulla banchina, ad attenderlo, con un abito bianco di lino e una granita in mano, c'è Chiara.

«C'è Chiara.»

«Chi?!»

«Chiara, Viola! La mia futura moglie. Cioè, la mia futura ex moglie. Cioè, la mia ex futura moglie!»

Viola è confusa. Chiara? Lì? A Messina? Com'è possibile? Non è possibile.

«Raggiungi le ragazze, io arrivo subito.»

Viola in silenzio scende dall'auto e sale nella macchina di Lea.

«Che cazzo sta succedendo?» chiede Andrea agitatissima.

«C'è Chiara.»

«Cosa cazzo ci fa Chiara qui?»

«Non lo sa neanche lui.»

«Oddio, che casino! E adesso?»

Andrea è sconvolta. Era già preoccupata per Martino, e adesso è in pensiero anche per Viola. Lea, invece, rimane in silenzio.

Dopo averli scrutati da lontano, si avvicinano alla coppia.

Chiara gli sorride e gli accarezza il viso. Non sembra incazzata, ma comprensiva. Ha l'atteggiamento che si ha con i pazzi, come se volesse rassicurare Martino del fatto che il suo è stato solo un colpo di testa, che avere paura prima del matrimonio è normale, e forse era anche giusto che avesse vissuto quella parte di viaggio con le sue amiche di sempre.

Un tuffo nel passato per guardare meglio al futuro.

«Torniamo a casa.»

«Ma Chiara...»

«Ascolta, da oggi ci saremo solo io e te. Basta parenti che si immischiano, basta mio padre con la sua presenza ingombrante, basta cene istituzionali imposte tutte le settimane, e niente smoking al matrimonio!»

«Come niente smoking? E gli inviti? Il dress code?»

«La wedding planner ha detto che si occuperà di inviare una nuova nota agli invitati.»

«Ma…»

«Ah, e almeno cento invitati in meno! Ho già parlato con i miei.»

Martino si lascia andare a un tenero sorriso.

Chiara ha l'espressione di una bambina la notte di Natale. Con i suoi occhi grandi nocciola, dolcissimi e carichi di speranza.

«Ehilà!»

Andrea irrompe sulla scena con un tono di voce falsissimo, riconoscibile a distanza di chilometri anche da chi non la conosce così bene.

«Andrea!»

Chiara, invece, l'abbraccia con affetto sincero.

Anche Lea la stringe forte.

«Ma che sorpresa…»

Andrea si impegna in tutti i modi per cercare di non risultare troppo fastidiosa, ma la situazione le sembra così assurda che anche una faccia tosta come lei è visibilmente spiazzata.

«E tu saresti Viola! La terza che mancava all'appello. Ho sentito tanti racconti sulle vostre scorribande del liceo!»

Viola si costringe a rispondere con un mezzo sorriso e una presentazione che si sarebbe volentieri evitata. È educata e gentile, ma poi si divincola in fretta con una scusa: «Vado a comprare le granite».

Al suo ritorno, Martino e Chiara non ci sono più.

«Pranzano insieme, dice che devono parlare.»

Andrea dà una risposta alla domanda che Viola non ha il coraggio di fare.

«Be', mi sembra giusto» commenta, mettendo su l'espressione di quando non vuole dare soddisfazione. «Che dite, andiamo al Pilone?»

Trascorrono l'intera giornata fra bagni, granite e storie di ricordi di infanzia.

Lea viene punta da una medusa, e Andrea si offre volontaria per farle la pipì addosso, «per la storia dell'ammoniaca».

«Ma sei pazza! Ma che schifo! Neanche morta, piuttosto muoio qui!» Lea, che non si appoggia neanche ai corrimano della metropolitana, preferisce soffrire in silenzio.

Di Martino nessuna notizia.

Quando arriva il tramonto, si prendono tre pezzi di focaccia da mangiare sulle panchine della Passeggiata a Mare, ammirando le luci dondolanti delle barche nel piccolo porticciolo.

D'improvviso, un messaggio WhatsApp illumina il display di Andrea.

"Cominciate a fare strada per Siracusa, semmai vi raggiungo lì..."

Nessuna delle tre ha nulla da aggiungere.

L'indomani partono all'alba, un'ultima granita da Irrera e via, lungo l'autostrada che costeggia il mare.

«Che poi, io dico: come cazzo faceva questa a sapere dove eravamo?»

Appena salita in macchina, Andrea parte come un fiume in piena. È rimasta per troppo tempo in silenzio sull'argomento (quasi ventiquattr'ore) e adesso ha bisogno di sfogarsi un po'.

«Voglio dire, non abbiamo usato social network, niente Instagram Stories, niente localizzazione di Facebook, niente tag. E questa si fa trovare lì, sulla banchina del porto, all'orario preciso del nostro arrivo, manco fossimo in *Via col vento*!»

Viola non riesce a non sorridere, sa che la sua amica sta involontariamente prendendo le sue parti, anche se in questa storia non ci sono parti da prendere, e trovare un senso è difficile per tutti.

Lea, in silenzio, guarda fuori dal finestrino.

«Ora, dico, chi avrebbe mai potuto spifferarglielo?

Io no di certo! Viola figuriamoci, neanche a dirlo, mentre tu, Lea...»

D'improvviso un presentimento, un flash, un'intuizione che si fa largo nella sua testa. I pensieri prendono a correre in modo accelerato riconducendo tutto all'unica associazione mentale possibile.

Lea, immobile, continua a guardare fuori fingendo indifferenza.

«TU!» grida Andrea. «CIOÈ... TU!»

Lea si gira verso Andrea con gli occhi terrorizzati e l'aria da cane bastonato.

«È che io ho pensato, ho pensato... poverina...»

In quel momento, un messaggio di Martino spezza di nuovo il tempo. Un testo breve e diretto, senza tante spiegazioni: "Torno a casa con lei".

28
Buttana industriale

«Eh no, ragazzi, ma che cazzo è? Mi sembra di essere tornata alle elementari! Ma soprattutto, 'sto cavolo di viaggio non doveva essere felice e spensierato? Litighiamo e basta! Lea, mi spieghi il motivo? Perché hai detto a quella sfigata di Chiara dove eravamo? Perché hai scelto per Martino? E per noi? Ma poi Martino, dài, anche lui, è proprio un coglione, ancora non ha capito che cavolo vuole dalla sua vita?»

Nessuno fiata.

«Va be', boh, forse è giusto così. Questo viaggio è nostro e Martino prima poi doveva pur averlo, un confronto con *quella*. Dài, cosa fai, scappi? A trent'anni più che suonati devi prenderti le tue responsabilità. Tu però non pensare di cavartela così! Adesso lo paghi, questo colpo basso!»

Andrea fa tutto da sola, come sempre: raggiunge il climax dell'incazzatura e poi si calma. Il tutto a una velocità supersonica.

Lea la lascia sbollire, poi interviene: «Per cortesia, smettila di fare la stronza. Chiara mi ha scritto, cosa dovevo fare? Dovevo fingere? A parte che non sono capace di dire bugie, e questo lo sapete, ma poi, davvero pensate che tutti quelli che si sono sposati, compresa me, non abbiano avuto paura e non siano andati in crisi a ridosso del matrimonio? È questione di maturità!».

«Io credo sia più questione di sentimenti. Se il tuo cuore ti dà dei segnali è inutile non coglierli, perché te li darà sempre.»

Andrea non sente ragioni. Avevano ritrovato un equilibrio perfetto e proprio adesso che mancava poco alla fine del viaggio, che potevano passare gli ultimi giorni insieme spensierati, lasciando liberi Viola e Martino di potersi vivere, Lea aveva deciso di fare la guastafeste.

«Basta fare la giudiziosa, hai rotto. Ormai quello che è fatto è fatto e non si può tornare indietro. Per farti perdonare dovrai andare tu sotto casa di Lollo a gridargli che è un figo!»

Andrea ha deciso.

Viola, che ha passato l'intera conversazione a guardare distratta fuori dal finestrino, accenna una risata.

«Ma cosa c'entra, scusate?» protesta Lea.

«Come cosa c'entra? Hai fatto la spia, adesso paghi!»

Lea, rassegnata, si mette l'animo in pace ma decide di ribellarsi a suo modo e si rifiuta di continuare a guidare.

«Dài, guido io...» conclude Viola, che invece ha voglia di concentrarsi sulla strada per non restare in attesa che Martino si faccia di nuovo vivo.

Il viaggio verso Siracusa sembra durare all'infinito.

«Va be', ma tu come stai?» domanda a un certo punto Andrea.

«Ti sembrerà strano, ma credo che ti darò una risposta già sentita: non lo so.»

«È stato bello?»

«È stato... travolgente. E spontaneo.»

«E romantico no? La luna, il mare...»

«Avevamo bisogno di rivivere quella sensazione, evidentemente. Ma siamo adulti, ormai, la vita vera è un'altra cosa. E poi su, con un matrimonio tra un'ottantina di giorni...»

Si capisce perfettamente che Viola non ha molta voglia di parlarne. Le frasi che usa sono brevi, concise e risolutive. Ne accenna quasi con freddezza, ma Andrea lo sa, in realtà dentro di lei si sta scatenando un uragano.

«Piuttosto, Andrea, tu? Non mi hai mai spiegato il

motivo di questa scelta. Come mai questo viaggio proprio adesso? Non stavi andando a convivere con Niccolò? Paura?»

Per una volta è Andrea a essere sorpresa. E non può di certo rifiutarsi di rispondere – a se stessa, prima di tutto.

Perché quel viaggio? Perché quella fuga adolescenziale a trent'anni e passa? Sta forse scappando anche lei dalle sue responsabilità? Lei, che col passare degli anni ha imparato a bastare a se stessa, godendosi la vita da single, ma si è anche lasciata trasportare dalle emozioni, rincorrendo spesso precarissimi amori unilaterali... Dopo Matteo non aveva più vissuto storie così travolgenti, aveva avuto esperienze varie, di breve o media durata, ma fidanzati da presentare ai genitori non ce n'erano più stati. Amici speciali sì. Quelli che lei pensava potessero trasformarsi in amori speciali e che invece, puntualmente, si traducevano sempre in qualcosa di diverso.

Riguardando indietro e ripensando con lucidità a certi uomini della sua vita, riesce solo a salvare Marco: lui sì che l'aveva amata davvero, per quanto potesse essere maturo l'amore a ventidue anni. Lui era il suo vicino di casa, di due anni più piccolo. A quell'età, due anni potevano significare una vita intera: lei lo prendeva in giro perché era un ragazzino, ma lui era molto più maturo di lei, educatissimo, rispettoso, gentile, un cavaliere nato. Le lasciava tutte le mattine un bigliettino tra i tergicristalli della Polo parcheggiata davanti casa. "Volevo solo dirti che ti penso sempre. Buona giornata, Bionda."

L'aveva conquistata con questa irrefrenabile dolcezza. Marco aveva gli occhi azzurri e i capelli biondi, e mani bellissime. Al primissimo appuntamento l'aveva portata al Frida, un locale in zona Isola, quando ancora non era cool per niente. Avevano bevuto l'assenzio e immaginato di essere in un bistrot parigino a chiacchierare con Baudelaire e Rimbaud.

Andrea ripensa a quando avevano fatto l'alba insieme, erano sotto casa, in macchina, lei aveva la testa appoggiata sulle sue gambe. Una posizione scomodissima, ma non avrebbe mai rinunciato alla raffica di carezze che Marco le stava facendo. A un certo punto lui aveva parlato.

«Ti amo.»

«Impossibile» aveva risposto Andrea.

Marco era stato zitto e poi aveva ripetuto: «Andiamo?».

Andrea aveva trattenuto una risata. Aveva capito male, così si era salvata in corner dicendogli: «Impossibile, se non smetti di accarezzarmi i capelli io non mi muovo di qua».

Si erano frequentati per quasi un anno e mezzo, poi,

a un certo punto, era finita. Lui era disposto a investire parecchio in quella relazione, lei no. Lo considerava perfetto sulla carta, eppure non era mai riuscito a coinvolgerla totalmente.

Tra Marco e Niccolò, solo disastri. Solo illusioni, convinzioni e incazzature. Lei si convinceva che i vari Davide, Paolo e Fabio fossero perfetti per lei e che prima o poi se ne sarebbero accorti. Invece puntualmente ci piangeva su, si disperava, perché uno era ancora innamorato della ex, l'altro avrebbe sposato la sua compagna delle medie e quell'altro era semplicemente un coglione.

Niccolò è arrivato nella fase: "Cosa vuoi dalla mia vita, chi sei, io sto bene da sola, non ho bisogno di nessuno, ci sono prima io, poi le amiche e forse dopo puoi arrivare tu, ma ricordati che non conti un cazzo". Lui le ha risposto: «Ma chi ti chiede niente» e poi se l'è presa.

Si sono conosciuti sul posto di lavoro, lei giornalista, lui videomaker. Lei ne è stata subito colpita, per tre motivi: girava sempre con un libro in tasca, aveva un Maggiolino Volkswagen del 1963 come suo padre e non si ricordava il suo nome. Gliel'aveva detto per due volte, alla macchinetta del caffè: «Scusa, ma non mi ricordo come ti chiami».

Cosaaaaaaaaaaa? Andrea *The Protagonist*? Ma come si permetteva.

L'unica cosa da fare per salvaguardare il suo orgoglio era conquistarlo, e Andrea l'ha fatto.

Niccolò è il suo totale opposto: riflessivo, pacato, calmo, saggio, razionale. Quando lei ruggisce e s'infiamma, lui le lancia delle simboliche secchiate d'acqua e la spegne. Sa sempre dove trovare il tasto *off*.

Niccolò è anche quello delle passioni in comune: il cinema, il ballo, la musica.

Niccolò è quello che si incazza quando Andrea si scoraggia, o quando dimostra insicurezza. È quello che la cazzia quando è troppo aggressiva e impaziente e la sprona quando si abbatte.

Niccolò è chiaramente l'uomo della vita di Andrea, ma Andrea è sempre stata uno spirito libero e adesso fa fatica ad ammettere a se stessa che sì, forse questa volta è per sempre.

«Mi sto cagando sotto, Viola. Ho paura di perdere le mie abitudini, di dover accettare compromessi che forse non voglio accettare, di perdere la mia libertà. E se poi non andiamo d'accordo? E se poi non siamo più innamorati? E se lui si accorge che non sono quella giusta? Nico è meraviglioso, ma ha anche tanti difetti, è permaloso, cocciuto, e talvolta timido. Io sono un vulcano, Viola. Io voglio fare tutto, e subito.»

«È per questo che hai bisogno di una persona che è esattamente l'opposto di te.»

«Ho paura di non raggiungere mai quella sensazione di "casa"... non so se mi spiego. E poi dài, io mi innamoro ogni cinque minuti. È che sono innamorata dell'amore!»

«Ma vaffanculo, questa dove l'hai letta, nei Baci Perugina?»

Come sempre, alla fine di un discorso serio, l'unica soluzione è buttarla in vacca.

Arrivano a Siracusa dopo quasi due ore di viaggio.

«E adesso come lo troviamo Lollo?» domanda Lea. «Martino era l'unico che poteva scrivergli su Facebook!»

Andrea si sporge dal finestrino dell'auto e inizia a gridare ai passanti: «Scusiiiiii! Sa dove abita Lollo di quarta B?».

Scoppiano tutte a ridere quando un signore le dice: «Vaja che sunnu sti buci! E cu è chistu??? Saravi cacchi cunnutu!».

«Ho capito solo il cornuto finale» commenta Andrea, scoraggiata.

Decidono di non arrendersi e di dirigersi verso il centro. Chiederanno a chiunque di Lollo, prima o poi troveranno qualcuno che lo conosce.

Intanto, rimangono incantate dalla città. Passando accanto al Tempio di Apollo, scelgono di parcheggiare per godersi la passeggiata che da via Matteotti porta a piazza Archimede.

Chiedono a un signore se può indirizzarle verso il Duomo.

«Scusi, lei è di Siracusa?»

«Sì, certo.»

«Non è che oltre al Duomo sa anche dirci se conosce per caso Lorenzo Giudici? È un ragazzo di Milano che si è trasferito qui un po' di anni fa, molto alto, giocava a basket benissimo. È sposato con una...»

«Ma che ne sacciu.»

«Va bene, grazie lo stesso...»

Si incamminano verso via Roma e a uno a uno si fanno tutti i negozietti tipici, chiedendo di Lollo Giudici.

Niente. Nessuno sembra conoscerlo.

Arrivano in piazza Duomo estasiate dai numerosi palazzi in stile barocco, ma soprattutto affamate.

Si fermano in un localino, Andrea e Viola prendono la pasta alla siracusana (alici, pangrattato e pomodoro) e Lea quella con sugo di pistacchio e mandorle di Avola. La cameriera è una ragazza carina, sui venticinque, che subito attacca bottone: «Che bello, siete qui per un addio al nubilato?».

«No.»

«Ah, allora per il matrimonio della figlia di Ludovico, lo stilista di Milano.»

«No, ma ci sarebbe piaciuto molto.»

«Perché siete di Milano, vero?»

«Sì.»

«Che belloooo. C'è il cugino di una mia amica che è di Milano.»

«Si chiama Lorenzo Giudici?»

«No.»

«Ah, ok. Non è che lo conosci?»

«No, mi dispiace…»

«Ma 'sta cosa che "il mondo è piccolo" con noi non funziona?»

«Eh, evidentemente no.»

Si godono il pranzo cullate da una brezza meravigliosa che senza quella sarebbero morte di caldo, prendono caffè e dolcetto, anzi dolcetti: due cannoli e una cassatina.

Poi una bellissima signora, tutta ingioiellata, le raggiunge al tavolo. È la proprietaria del locale.

«Siete voi che avete chiesto alla ragazza di Lorenzo?»

«Oddiooooo sìììììììììììììììììììì!»

Andrea si trattiene, ma il desiderio è quello di saltarle addosso dalla felicità.

La signora si fa improvvisamente seria. «E che dovete fare con Lorenzo? Lo sapete che è sposato?»

«Sì, certo, signora, anzi, non vediamo l'ora di conoscere sua moglie, siamo vecchie compagne di classe, siamo qui di passaggio, ma abbiamo scoperto che vive a Siracusa da tempo e volevamo incontrarlo per un saluto veloce.»

«Mh. Va bene. Lavora al Parco archeologico, di solito è al Teatro greco, ma se andate e chiedete di lui ve lo dicono sicuramente dove sta. Non dite a sua moglie che ve l'ho detto io!»

Arrivate al Parco archeologico, le tre amiche vorrebbero mandare a quel paese Lollo e godersi in santa pace le bellezze siracusane. Ma non possono mollare proprio a questo punto.

«Buongiorno signora, sa dove possiamo trovare Lorenzo Giudici?»

«Oggi non lavora, è il suo giorno libero.»

«Ah, e per caso riesce a dirci dove abita?»

«Scusate ma chi siete?»

«Le spiego, signora: siamo delle sue compagne di classe di Milano e vorremmo fare una sorpresa a lui e alla moglie. Purtroppo non conosciamo nessuno oltre a loro due che ci possa dire dove vivono, ma ci terremmo tantissimo a regalare questa gioia a Lollo e a...»

«Annalisa.»

«Esatto, Annalisa...»

«E come faccio a sapere che non state dicendo una cavolata?»

«Lea, prendi la Smemo dal mio zaino per favore... Ecco, guardi signora, lo vede? Lo riconosce?» Andrea le stava mostrando una foto scattata nel cortile della scuola, durante l'occupazione, con Lollo che incitava la folla col megafono in mano.

«Che giovaneeeeeeee, ma che cariiiiinooooo. Non è cambiato per niente. E va bene, mi sembra di capire che siete delle brave ragazze. Abita in via Spallanzani al 15. Ma non dite che ve l'ho detto io.»

«Ci mancherebbe altro. Mute siamo.»

La casa di Lollo è una vecchia cascina circondata da altri piccoli edifici dall'architettura tipica siciliana. Nessuna delle tre ha la minima idea di quale sia il balcone di Lollo.

Arrivate davanti al portone, con la macchina piazzata in mezzo alla strada, si mettono a ridere come delle idiote per la cazzata che stanno per fare. O meglio, che Lea sta per fare.

Lea inizia a lamentarsi: «Ma a cosa cazzo serve? Non possiamo citofonare come i civili e fargli un saluto normale, come le persone sane di mente? Dobbiamo per forza fare 'sta cagata?».

«Lea, abbiamo deciso, non c'è scampo. Anzi, facciamo un piano d'attacco intelligente: tu corri sotto il balcone e a voce altissima, e soprattutto scandendo *bene* le parole, devi gridare: "LOLLO DI QUARTA B SEI UN FIGOOOO". E poi scappi, noi siamo qui con il motore acceso ad aspettarti per la nostra fuga!»

«Niente, questa è convinta di essere dentro una puntata di Montalbano.»

Viola scoppia a ridere. «Dài, ragazze, concentrate, per favore!»

«Eh ma ci sono dei ragazzini, mi vergogno.»

«Ma figurati se stanno lì a guardare te, i ragazzini, non vedi che sono lì piegati sugli smartphone a rincoglionirsi?»

Lea scende dalla macchina, cammina piano piano, guardando a destra e a sinistra. Nella sua testa c'è il Far West. Da un momento all'altro potrebbe comparire Clint Eastwood, pronto per un duello.

Arriva sotto quello che pensa essere il balcone di Lollo, e facendosi coraggio, grida la fatidica frase.

Silenzio.

Lea rimane immobile.

Andrea e Viola, incredule, guardano la scena con gli occhi sbarrati e le mani sulla bocca.

Poi si apre una finestra ed esce un signore che affacciandosi grida: «Ma cu è chi fa sti buci? Chi è stu buddellu?».

Non è Lollo.

Dal balcone accanto, una ragazza inizia a strillare: «Lorenzoooooo, Lorenzoooooo, cu è chista?!».

Da dentro l'appartamento arriva una voce con accento milanese: «Ma io che cosa ne so! Sarà una pazza!».

«Sì, ma a tìa chiama!»

«No, guarda, scusami, non fraintendere!»

La lite si sposta sul balcone, dove quella che evidentemente è la consorte di Lollo di quarta B continua a gridare.

«Lorenzo cu è 'sta buttana! Vatinni chi ti 'mazzu!!!»

Lei di colpo prende un annaffiatoio e inizia a buttare acqua dal terzo piano in direzione di Lea, urlando frasi in siciliano incomprensibile.

Lea corre verso l'auto quasi piangendo, non si capisce se dal ridere o dalla paura, e poi ecco che al balcone spunta Lollo.

Che è chiaramente diventato un cesso.

Con la mezza pelata, la canottiera e la pancia prorompente.

Lea entra di fretta nell'abitacolo e Andrea sgomma via, lasciandosi dietro una scia di polvere come nei migliori film western. Stanno morendo dal ridere.

«Voi mi volete morta, brutte stronzeeeeeeee!»

«Lea, sei stata bravissima!»

«Madonna, ma che mostro è diventato Lollo? Meno male che quella aveva detto che era rimasto uguale!»

«Sentite, propongo di andarcene al mare» dice Viola. «Ci vuole un bel bagno per riprendersi dalla missione Lollo!»

«Aggiudicato!» si affretta a dire Lea.

«Una dichiarazione a caldo?» le chiede Andrea, fingendosi reporter per prenderla in giro.

Lea la guarda con occhi di fuoco: «Brutta stronza. Non ho altro da dichiarare».

Sdraiate in riva al mare, a Ortigia, dopo essersi prese una granita a testa, si addormentano tutte e tre. Stremate.

Andrea è la prima a svegliarsi. Guarda il cellulare e trova due chiamate di Niccolò. Prima di richiamarlo, decide di prenotare un alberghetto vicino a Pachino per qualche giorno: si concederanno una pausa, potrebbero visitare Marzamemi, Noto, e magari, prima di imbarcarsi da Pozzallo, fare un giro anche a Modica, per strafogarsi di cioccolato. Avrebbero organizzato la partenza per Malta con calma.

"Così magari torna Martino..." pensa tra sé e sé.

Il cellulare di Lea sveglia lei e Viola in un colpo solo. Lea risponde mezza addormentata.

«Mamma?... Mamma, stai calma, non capisco niente... Scusa, puoi ripetere?»

Spalanca gli occhi, ormai sveglissima.

«In che senso siamo diventate virali su Facebook?»

29

Clicca per vedere il video

«Su Facebook, ti dico! Ci sei tu che gridi sotto al balcone di uno e poi si vede una ragazza, no anzi, prima un signore che ti urla qualcosa e poi la ragazza che ti insulta. Ti ha detto anche "buttana" mi sa.»

«Mamma ma cosa dici?»

«Ti ho mandato il link su WhatsApp, guardalo!»

«Ma a te chi l'ha mandato?»

«La zia Angelina, che l'ha visto dalla nipote di Francesca, che l'ha scovato su *Scene memorabili*! Mi ha chiamato anche tua sorella.»

Lea non saluta nemmeno sua madre, chiude la chiamata e guarda il link che le è arrivato su WhatsApp.

+++La reazione della moglie ha dell'incredibile! Clicca per vedere il video+++

«Corri su Facebook a vedere!» la incita Viola.

«Ma non possiamo andare su Facebook!»

«Ma che cazzo ce ne frega delle regoleeeee» si intromette Andrea. «Guardiamo subito il video, aprilooooooo!»

Eccole lì, condivise da migliaia di persone.

Qualcuno ha anche già creato la GIF con il gesto della moglie di Lollo che scandisce il suo delicatissimo "buttana".

È il classico video "acchiappa like", sotto è pieno di commenti più o meno ignoranti. C'è chi ride, chi insulta Lea, chi "le amiche pronte alla fuga", chi la moglie. E poi c'è qualcuno che ha pensato bene di taggare loro tre.

«Ma come cavolo è possibile? Saranno passate sì e no due ore e mezza!»

Non riescono a spiegarsi la potenza della rete, la velocità con cui quel video, girato male e con le risate in sottofondo, sia arrivato sulla home page di Facebook della zia di Lea e su quella di tutti gli amici, parenti, fidanzati, fino a raggiungere un milione di persone in poco più di due ore.

«Ragazze, siamo diventate virali» constata Andrea.

«Quei bambini malefici, ci hanno riprese senza chiederci il permesso! Adesso ci chiamerà anche Barbara D'Urso per fare qualche intervento in quella tamarrata di trasmissione.»

«Ah ma io non vengo in tv, non esiste proprio!»

«Ma cosa state dicendo? Ma quale Barbara D'Urso! Finitela! Comunque, ammettiamolo: questo video fa troppo ridere.»

«Oddio, adesso lo vedrà Tommi e si incazzerà tantissimo, penserà che avrò fatto qualche cavolata!»

«Ma smettila, Tommi si starà facendo duemila risate.»

I loro telefoni continuano a squillare, arrivano messaggi da chiunque: amiche, colleghi, gente mai più sentita che ritiene di dover dire la sua sull'accaduto.

La mamma di Lea la richiama altre tre volte, la prima chiedendole se si può fare qualcosa, magari contattare Facebook per far cancellare il video, la seconda per dirle che forse è il caso di tornare, che ha esagerato e non è più una ragazzina scema con l'età giusta per fare bravate insieme alle sue amiche. La terza per dirle di chiamare suo padre e suo marito per scusarsi.

«Scusarsi di cosa, mamma? Cosa ho fatto di così grave? Ho ferito qualcuno?»

«Ma non ti rendi conto che sei ridicola?»

Improvvisamente, Lea perde la pazienza che ha coltivato con dedizione in oltre trent'anni vita. Non ha più voglia di sentirsi dire che cosa deve o non deve fare, non ha più voglia di sentirsi giudicata, soprattutto per una cazzata del genere. Eccolo che arriva, il momento che aspettava da sempre.

«Vaffanculo mamma, vaffanculoooooo! Non lo so

quando torno, ok? Magari non torno nemmeno, se mi gira! V-A-F-F-A-N-C-U-L-O!»

Chiude la comunicazione. Poi riprende il telefono e la richiama: «E sappi anche che mi hanno arrestata l'altra notte. Hai capito? Sono finita in commissariato. Poi mi hanno liberata, ma potevo finire in carcere. Ecco. Addio».

Finita la telefonata, guarda Andrea e Viola e scoppia a piangere. Loro rimangono immobili, con gli occhi sbarrati, di fronte alla ribellione inaspettata della loro amica. Forse è la prima volta che la vedono così arrabbiata.

Di solito Lea si chiude in se stessa quando qualcuno la ferisce. Si ammutolisce per un periodo più o meno lungo e lascia che passi del tempo per sbollire. Guai a insistere. Bisogna lasciarla stare, in quei momenti. E anche in questa situazione Viola e Andrea non possono fare altro che tacere e lasciare che si sfoghi, piangendo o gridando.

«Riesce sempre a farmi sentire inadeguata, sbagliata, mai abbastanza. Per quale motivo? Fossi stata una figlia stronza, problematica, maleducata. Perché ogni volta che faccio qualcosa devo sentirmi in torto?»

L'arrabbiatura scema piano piano, Lea si calma e diventa una bambina indifesa, da consolare. Il suo senso di responsabilità le fa fare una retromarcia immediata.

«Adesso ci sarà rimasta male per il mio atteggiamento... Non dovevo reagire così, magari l'ho offesa.»

«Lea, non ti preoccupare, tua mamma lo sa. E finalmente, se posso permettermi, ti sei fatta sentire. Per una volta hai fatto quello che ti sentivi di fare.»

«E secondo me ti fa bene anche essere lontana, in questo momento. È l'occasione giusta per darvi tempo, stando un po' lontane l'una dall'altra.»

«Mi sento come se avessi fatto duecento chilometri di corsa. Sono sfiancata... E l'idea che questo viaggio sta per finire mi rattrista. Avrei bisogno di starmene ancora un po' qua. Mi manca solo Tommi, ora come ora. Le ho detto anche del commissariato...»

«Taci che a un certo punto della telefonata avevo paura le dicessi anche delle tag sul muro che avevamo fatto il primo anno di liceo. Ho pensato fossi in fase "confessioni mai fatte" e mi sono terrorizzata!»

Andrea finalmente riesce a farla ridere, Viola si accoda e inizia a ricordare il momento epico in cui lei e Andrea avevano accompagnato Lea e Alessandra, la sua amica delle elementari, al supermercato dietro casa per il grande gesto trasgressivo: lasciare un segno indelebile sul muro. Proprio come i veri writer. In quel periodo Lea era innamorata di Fabrizio, detto Tacchino, un cesso a pedali che solo perché era uno dei primi B-Boy del quartiere, con tanto di pantalone largo, bombolette e cappellino da baseball, faceva sospirare le amanti del rap. Alessandra, invece, era pazza di un certo Simone detto Bean, avrebbe fatto di tutto per farsi notare da lui.

Andrea, esaltatissima da quello slancio eversivo di Lea, aveva voluto partecipare alla missione, e Viola le era andata dietro non propriamente convinta, ma come sempre: o tutte o nessuna.

Lea e Alessandra avevano scelto con cura le loro tag: Lea era Tecla Sun e Alessandra Tecla Star.

«Ma che cavolo di nomi erano?»

«Ma che ne soooo!»

Avevano comprato una bomboletta nera e una rossa, i guanti e la mascherina. «Ellamiseria, mica dovete fare il murales della vita...» le aveva prese in giro Andrea.

Arrivate di fronte al muro prescelto, in fretta e furia avevano estratto l'armamentario e avevano fatto due scarabocchi. Orrendi.

Erano corse via in motorino, fiere del loro gesto fuorilegge, ma appena si erano fermate al parchetto l'orgoglio aveva lasciato spazio all'ansia.

«E se ci hanno viste? E se c'erano le telecamere? Qualcuno di voi ha guardato?»

«No» avevano risposto in coro Viola e Andrea.

«Oddio, forse dobbiamo tornare per controllare...»

«Sì, ma magari domani, e non di pomeriggio!»

Esatto: il gesto sovversivo era stato fatto in pieno giorno, alla luce del sole.

Nel ricordarlo, Lea ride ancora senza sosta. «No, io questa non gliela confesserò mai! Già le avevo confessato quando alla fiera di Sinigaglia avevo rubato il ciondolo a forma di scarabeo azzurro, ve lo ricordate?»

«È veroooo!»

«Sempre colpa di Alessandra, quella stordita, che mi aveva convinto dicendomi: "Non è che bisogna per forza comprare tutto, eh, guardi un po', poi qualcosa te lo tieni chiuso nel pugno, continui a curiosare e poi te ne vai salutando e facendo finta di niente". E io arrivata a casa cosa ho fatto? Tutta esaltata l'ho detto subito ai miei! Una tragedia.»

«Forse tua madre ha ragione a non fidarsi della figlia cleptomane!» la prende in giro Andrea.

«Taci tu, che quella volta che hai rubato il mascara viola alla Standa stavi per morire.»

«Mamma mia, che trauma, mi sono sentita un po' come Winona Ryder... No, ragazze, il peggio che abbiamo fatto vi ricordate cosa è stato?»

Lea si porta istintivamente la mano alla bocca: «Oddio, non mi ci far pensare che mi torna l'ansia!».

«Cosa? Non ho capito, dài ditemeloooo!» esclama Viola concitata.

«Entrare di notte a scuola con Martino, Matteo e Filippo…»

«Oh mamma. È vero. Me l'ero totalmente dimenticato.»

«Quella era stata roba da denuncia, comunque» interviene Lea, ancora con la mano alla bocca.

«Mamma, che terrore.»

«Ma scusate, non c'entrava una partita di qualcuno?»

«Sì, Martino giocava di sera, era tipo un derby, forse con la squadra del liceo linguistico, non mi ricordo. Però il campo era quello della nostra palestra.»

«Sì, giusto! Alla fine della partita Matteo e Filippo ci avevano trascinate negli spogliatoi per aspettare che se ne andassero tutti.»

«Ma scusate, le chiavi chi le aveva?»

«Ma noooo, non ti ricordi che dalla porta sopra gli spalti si accedeva direttamente al quinto piano?»

«Giusto! Cavolo, che figata comunque.»

«Ma quale figata, Andrea, se ci avessero beccati… Ci siamo messi a scrivere sui registri, sui muri…»

«Sì, be', forse avete ragione, è stato un po' troppo…»

«Che poi per uscire avevamo scavalcato la rete che dava sui binari della stazione. Col terrore che il custode ci vedesse e ci sparasse, o ci mandasse i cani da guardia!»

«Va be', dài, Carmen Sandiego ed Eva Kant» le

incalza Viola. «Smettiamola con i ricordi e pensiamo al presente: cosa facciamo? Abbiamo prenotato il traghetto per Malta di domani?»

«Pensavo di fermarci a Pachino per la notte e organizzare domani la partenza» dice Andrea. «Ma il vero tema è: quanti punti della lista ci mancano?»

«La Smemo è in macchina, la guardiamo dopo... birretta?»

E birretta sia.

«Vado a prenderle io, così nel frattempo sento Nico.»

«Ti manca, eh?» osserva Lea.

«Sì, ma mi sa che qui non sono l'unica ad avere nostalgia di qualcuno.»

Andrea gira lo sguardo verso il bagnasciuga.

Viola si sta spostando a riva, cammina lentamente sulla sabbia, chinandosi a raccogliere qualcosa, forse sassolini e conchiglie, che distrattamente rilancia in mare.

Di Martino non hanno più avuto notizie.

«Ciao amore, come va?»

Sentire la voce di Nico è strano e dolce allo stesso tempo. Andrea sente all'improvviso una piccola fitta di nostalgia.

«Tutto bene, e tu? Hai visto il video su Facebook?

Ce l'ha mandato la mamma di Lea, hanno fatto una mega litigata...»

«Posso immaginare. Certo che voi tre non vi siete risparmiate, eh? Senti, ma quando torni? Ieri hanno consegnato il divano nuovo, ed è pure arrivato il contratto di Sky da firmare.»

«Amore, non lo so. Dobbiamo arrivare a Malta, è il patto. Stasera andiamo a Pachino, poi volevamo stare qualche giorno in zona e ripartire. Appena rientro devo raccontarti un sacco di cose... Ma tantissime, non hai idea di tutto quello che è successo!»

«Va bene... Intanto vado, eh. Sono arrivati i miei ad aiutarmi a sistemare un po' di roba.»

«Ok, ciao...»

«Ti bacio. Ciao.»

Andrea fissa il display e sente la nostalgia farsi più forte. Non vuole ammetterlo, ma la verità è che in questo momento vorrebbe soltanto essere lì con lui, a sistemare il divano nuovo e fare progetti per la sua vita. Quella vera.

30
Cosa mi aspetto dal domani

A cosa è servito, questo viaggio?

A ritrovarsi?

Tra di loro, sicuramente. Ma la verità è che in questi giorni ognuna delle tre ha fatto un bilancio con se stessa.

A che punto sono delle loro vite? Sono felici? Soddisfatte?

Cosa manca? Sono ancora in tempo per cambiare le cose?

Sì, lo sono. Non è mai troppo tardi.

I loro trent'anni sono solo l'inizio.

Adesso, a fine giornata, con le birrette in mano si godono l'ennesimo tramonto siciliano.

È Andrea che decide, a sorpresa, di affrettarsi verso la fine.

«Ragazze, non dimentichiamoci il nostro obiettivo! Forse ce la stiamo sciallando troppo? Che ne dite se proviamo a prendere l'ultimo traghetto da Pozzallo e partiamo per Malta stasera? La traversata dura poco più di quattro ore, c'è una corsa ogni ora. Se ci muoviamo riusciamo a prendere quello delle otto e a mezzanotte siamo a La Valletta.»

Lea e Viola non hanno obiezioni: in fondo, anche loro hanno voglia di raggiungere la meta. Dopo la sceneggiata con Lollo e la fuga di Martino e un paio di giorni da turiste, sentono che in Sicilia per loro non è rimasto un granché.

Tornano al b&b, pagano e si mettono in macchina. Destinazione Pozzallo.

«Dài, metti un CD vintage. Quale manca da ascoltare?»

«Ne è rimasto uno dei tuoi. Sarà una di quelle compilation che facevi tu, solo rock, grunge e punk... Ecco, infatti.»

Sul retro del CD, c'è la lista dei titoli, scritta con il pennarello blu:

The Man Who Sold the World (unplugged) – Nirvana
Better Man – Pearl Jam
Self Esteem – The Offspring
Time of Your Life – Green Day
Zombie – The Cranberries

You Learn – Alanis Morissette
Save Tonight – Eagle-Eye Cherry
Iris – Goo Goo Dolls
Killing Me Softly – The Fugees
Torn – Natalie Imbruglia
Under the Bridge – Red Hot Chili Peppers
Don't Look Back in Anger – Oasis
Tender – Blur
Ghetto Superstar – Coolio
Adore – The Smashing Pumpkins
Black Hole Sun – Soundgarden

«... E *Wannabe* delle Spice!»

«Davvero?»

«No, ma ci speravo.»

«Dài, mettilo, lo sentiamo solo un po' e poi mettiamo le Spice!»

Le note di *Don't Look Back in Anger* degli Oasis iniziano a suonare e loro, in coro, cantano con tutte le loro forze: «*And so Sally can wait / she knows it's too late / as we're walking on by / Her soul slides away / but don't look back in anger...*».

«Ma quando cazzo si riuniscono quei dueeeeeeee?»

Il viaggio prosegue tra Oasis e Nirvana, Smashing Pumpkins e Pearl Jam, e senza intoppi le tre amiche arrivano al porto.

Fortunatamente, c'è ancora posto per imbarcare l'auto.

Salgono sul traghetto e si posizionano sul ponte, all'esterno, sul bordo della piccola piscinetta un metro per un metro dove durante il giorno i bambini si buttano come fosse il Colorado Boat di Gardaland.

Ci sono loro tre, una coppietta che si sbaciucchia sulle sdraio e un signore sulla cinquantina, che beve una birra mentre guarda la scia della nave.

«"Come la barca lascia la scia io ti lascio la firma mia."»

«La Smemo non poteva regalarci una dedica più azzeccata, in questo momento.»

«Allora, vediamo un po', controlliamo la lista. Cosa ci manca?»

«A parte il lavoro dei sogni, i figli, la casa e Cremonini, ci siamo quasi.»

Andrea rilegge la lista a bassa voce, sotto gli occhi vigili delle altre due.

Essere state con almeno 5 persone diverse √

Ballare con Jo Squillo √

Farsi una foto sotto casa dei Take That √

Sposarsi (solo Lea) √

Scrivere a un ex che era
un disastro a letto
(anche se non è vero)

Andare a un concerto
di Cremonini e limonarlo
(quasi, per colpa di Lea)

Perdere la verginità con l'amore vero
(Andrea e Lea) √

Andrea esita un po', poi decide di inserire anche Viola.

«Alla fine Martino magari non era proprio l'amore vero, ma comunque si avvicinava parecchio.»

Viola non commenta e Andrea, per evitare imbarazzi, prosegue la lettura.

Fare il bagno nude √

Avere almeno 2 figli

Andare sotto casa di Lollo di IV B,
dirgli che è un figo e scappare √

Fare il lavoro dei propri sogni

Limonare uno sconosciuto, meglio se straniero

Avere una casa propria

Confessare un segreto segretissimo alle tue migliori amiche √

Fare un viaggio tutte e 3 insieme senza meta √

«Ci sono due cose che possiamo ancora fare: scrivere a un ex che era un disastro a letto e limonare con uno sconosciuto, meglio se straniero. Questo è perfetto, visto che stiamo andando a Malta.»

«E secondo te a chi toccherebbe delle tre?»

«Poi lo decidiamo, intanto arriviamo in terra straniera. Anzi, aspettate che flagghiamo già un altro punto, così ci portiamo avanti.»

Andrea prende il cellulare e digita, senza pensarci due volte: "Ciao, volevo solo dirti che a letto eri tremendo. Baci, Andrea".

E invia.

«Ma a chi hai scritto?»

«A Matteo.»

«Ma sei scema? E se lo legge sua moglie?»

«Boh, cavoli suoi.»

«Ma il numero è quello giusto?»

«Credo.»

«E se non lo è?»

«Pazienza.»

Arrivano a La Valletta con la risata a stantuffo di Lea a fare da sottofondo.

Nel bed & breakfast che hanno prenotato su Booking ad accoglierle trovano la proprietaria, che in un inglese maccheronico, misto all'italiano, le saluta e le accompagna nella loro stanza.

Il posto è appena fuori dal centro, verso il mare, una piccola casa che la signora ha ristrutturato da poco.

Stanche della giornata si sistemano, si lavano i denti e spengono le luci.

Andrea, stranamente, si addormenta per prima, mentre Lea aspetta che il sonno la travolga sfogliando la Smemo e i quadernetti degli sms.

Viola rimane a lungo sul terrazzino della camera, da sola.

Non ha avuto neanche il tempo di realizzare cosa sia successo con Martino che le loro strade si sono nuovamente divise. Anche questa volta di colpo, senza possibilità di scelta.

Viola si conosce bene: è orgogliosa, ma soprattutto realista. Non era mai stata una che si infervorava, che si attorcigliava in ragionamenti, nei mille "perché", nella rilettura spasmodica di un messaggio o di un atteggiamento che avrebbe potuto significare qualcosa di diverso. Viola era una che "se le cose devono andare vanno", e quando qualcuna di loro – tendenzialmente Andrea – perdeva troppo tempo dietro amori non corrisposti, costruendo alibi da sceneggiatura hollywoodiana pur di non ammettere "non gliene fotte niente di me", lei la stroncava immediatamente: «Evidentemente non gli piaci abbastanza» diceva. E Andrea impazziva.

Questa volta, però, c'è qualcosa di diverso a turbarla. Qualcosa che non sa ancora come interpretare.

Andrea a un certo punto si sveglia per bere e la nota lì, tutta sola. Ultimamente Viola le pare distratta, sembra quasi essere da un'altra parte. E non si tratta solo di Martino. Forse anche a lei manca Damiano? Forse questo viaggio così folle le ha fatto rivalutare il suo rapporto?

Di Damiano, in realtà, Viola non ha quasi mai parlato. Ha raccontato qualcosa di Marta, la ex moglie, con un atteggiamento più incazzato che ferito. Anche al telefono si sono sentiti poco. Lui la cercava, le diceva che gli mancava, ma lei era spesso frettolosa e di poche parole.

Eppure poche ore fa, mentre aspettavano il traghetto, Andrea l'ha vista da lontano parlare al cellulare con lui. Per la prima volta le è sembrata come arresa, il suo sguardo più morbido.

Forse per tutte è davvero arrivato il tempo dei bilanci.

La mattina dopo, Andrea si sveglia con un messaggio di Matteo: "Ciao Andrea, forse hai sbagliato Matteo (faccina con lingua di fuori e occhiolino). Tutto bene?".

«Ma guarda 'sto arrogante, non ha nemmeno ipotizzato che il messaggio potesse essere per lui! Il solito presuntuoso!»

«Buongiorno anche a te, principessa» la saluta Lea. «Di chi stai parlando?»

«Di Matteo.»

«Oddio, ha risposto?»

«Sì, il James Dean *de noantri* dà per scontato che il messaggio non sia per lui...»

«Eh certo, figurati!»

«Andiamo al mare?» propone Viola.

Si preparano in fretta e, dopo aver chiesto alla proprietaria del b&b qualche consiglio per la giornata, scelgono di andare a Golden Bay, da dove, secondo la signora, si vede il tramonto più bello di Malta.

Sedute sotto il patio di un chiringuito, mentre mangiano un gelato, vengono abbordate da un gruppo di ragazzi BELLISSIMI.

Sembrano svedesi, o norvegesi, comunque biondi con gli occhi azzurri. Avranno sì e no vent'anni.

«Hi girls, do you speak english?»

Andrea si ringalluzzisce. «Ma of course, tesoro.»

Viola e Lea sorridono educatamente.

«We would like to invite you this night at the Dragonara Casino party, in St. Julian's.»

«Why?»

«Because you are beautiful and we want to celebrate!»

«E che cosa? What?»

«The regatta! We won! Weren't you at the harbour this morning?»

«Yes.»

«No.»

«Violaaaa!»

«She's playing around, scherza la ragazza.»

«Ok, see you this night at 10 pm.»

«Perfetto! See you!»

I fighi svedesi si allontanano in tutta la loro vichinga prestanza.

«Andrea, sei la solita!»

«Dài, che figata! Andiamo al casinòòòò!»

Come sempre, le altre la assecondano.

Tornano in albergo presto, Lea e Viola si preparano

in fretta, Andrea invece ci mette una vita a scegliere quale vestito mettere.

«Cioè, ne hai due. O uno o l'altro.»

«Uffa che palle che siete, devo capire il *mood* di stasera: sbarazzina o rock'n'roll?»

«Dài, muoviti, che poi facciamo tardi e ci passa la voglia di andare.»

«Siete vecchie.»

«Sì, lo siamo. E lo sei anche tu. A trent'anni, se non esci entro una certa ora, tanto vale che te ne resti a casa a dormire.»

E in effetti, quando arrivano al casinò, basta un'occhiata per rendersi conto che sono le più vecchie tra i presenti. Sono circondate da ventenni, tutte fighe, tutte con le gambe toniche e i visi senza rughe, niente cellulite, niente macchie da sole, niente pancia da tirare in dentro, nonostante i vestiti aderenti.

Si guardano l'una con l'altra, incerte

«L'esperienza, ragazze. Loro non hanno l'esperienza» esclama Andrea. «Forza, andiamo e conquistiamoci la scena.»

Viola e Lea alzano gli occhi al cielo e la seguono.

«Sarà una serata memorabile, me lo sento.»

Il giorno dopo Andrea, in hangover, si sveglia con un unico pensiero: «Io voglio ripartire domani, ragazze».

«Cosa?» Lea non riesce a crederci.

Eccola, è arrivata al limite. Quando finisce una cosa è subito pronta a iniziarne un'altra, e la vuole immediatamente.

La serata passata al casinò, a fare la scema con i toy-boy svedesi tirando i dadi per loro e puntando cinquanta euro sul ventitré rosso alla roulette – senza vincere una mazza – è bastata a farle capire che è il momento di dire stop.

Deve tornare.

«Mi manca Nico» spiega alle amiche.

Non vuole più avere paura. Vuole finire il trasloco e cominciare l'avventura della convivenza, senza chiedersi se funzionerà o meno. Vuole lasciare che le cose facciano il loro corso.

Col lavoro invece serve pazienza, lo sa, glielo dicono tutti, si è fatta un culo tale che prima o poi le soddisfazioni che cerca arriveranno.

«In realtà anche io ho voglia di tornare a casa» risponde Viola.

Lea le guarda interdetta. «Eh va bene» conclude poi. «Siamo qua da un giorno, ma va bene.»

L'indomani lasciano la stanza al mattino presto, un ultimo bagno al mare prima del viaggio, hanno deciso che guidano finché non si stancano.

«Facciamo tutto lo Stivale: da Reggio Calabria a Milano. Ci fermiamo solo per dormire, mangiare e fare la pipì.»

«Quindi ogni mezz'ora, vero Andrea?»

Arrivano al porto nel primo pomeriggio, il loro traghetto partirà alle tre e mezza. Andrea si siede dietro, entusiasta di tornare come lo è stata di partire. Viola occupa il sedile del passeggero, mentre Lea è alla guida. Da stamattina è silenziosissima. Esita un attimo prima di accendere l'auto. La Seat dietro di loro suona il clacson, poi sterza con impazienza, superandole.

Improvvisamente, ancora prima di salire sul ponte per l'imbarco, Lea inchioda e accosta la macchina.

«Ragazze, io non vengo.»

«Ma cosa cazzo stai dicendo, Lea?»

«Dico sul serio. Non vengo. Ci penso da due giorni. Resto qui.»

«... Ma perché?»

«Perché ho bisogno di tempo per me.»

«Ma in che senso? Sei sicura?»

«Mai stata così sicura.»

«E Tommaso?»

«Mi raggiunge. Voi tenetevi pure la macchina.»

«Dài, Lea, io ti conosco, poi te ne penti.»

«Questa volta no, Andrea. Questa volta sono decisa.»

«E i tuoi?»

«Se ne faranno una ragione.»

«A tua madre prenderà un colpo.»

«E il lavoro?» domanda Viola.

«Domani sento i miei capi, vediamo cosa dicono.»

La sirena del traghetto richiama gli ultimi passeggeri. Non ci sono più macchine da imbarcare, tranne la loro.

Non hanno nemmeno il tempo di razionalizzare quello che sta succedendo. Viola abbraccia Lea, «Goditela» le dice. «Era ora che iniziassi a pensare un po' a te stessa!»

Ad Andrea viene da piangere, ma decide di smorzare tutto con il solito sarcasmo.

«Oh, non far cazzate, eh? Non dire a Tommaso del bacetto di ieri sera col toy-boy!»

«Ma sei scema? A parte che non mi ricordo NIENTE.»

«Eh, me lo ricordo io, quanto era bono...»

«Però almeno segnalo nella lista! Non ho limonato uno sconosciuto straniero per nulla!»

«Già fatto, tranquilla. Comunque è ingiusto. Un bacio non dovrebbe essere considerato tradimento, dài, siamo proprio delle bacchettone! Anche se poi alla fine io parlo parlo, flirto flirto, ma poi non concludo mai un cazzo.»

«Perché sei innamorata, ecco perché. Dài, muoviti, non è il momento di fare le tue solite sceneggiate.»

«Però me lo sarei potuto limonare anche io, il Justin Bieber svedese. No?»

«Andrea, forse non ti ricordi, ma praticamente te lo stavi già limonando, anche se non ti reggevi in piedi. Ti ho dovuta portare fuori io, camminavi a zig-zag!»

«No, va be', ma cosa abbiamo bevuto?»

«Io niente» dice Viola, distrattamente. «Tu e Lea tre cocktail a testa...»

«Che sfigate.»

La sirena le richiama all'ordine ancora una volta. Adesso è proprio ora di andare.

Andrea e Viola parcheggiano l'auto in tempi record, mentre il portellone si chiude dietro di loro. Salgono di corsa sul ponte esterno e salutano Lea dalla poppa del traghetto. Ancora non ci credono, sembra il finale di una serie tv, inaspettato. La loro amica più responsabile, quella sempre ligia al dovere, che non si lascia mai andare, ha finalmente deciso di dedicarsi del tempo. Magari saranno solo dieci giorni, una settimana o un weekend, ma è già abbastanza incredibile che abbia deciso di mettersi al primo posto, per una volta.

Restano lì, a guardare la scia del traghetto e Lea, ferma sulla banchina, che diventa sempre più piccola.

Piano piano la gente rientra. Rimangono solo loro due, in silenzio. L'ennesima partenza. O ripartenza. Forse è proprio questo il senso della loro avventura: imparare a ripartire daccapo.

Costruirsi ogni volta un nuovo inizio.

«Mi ha scritto Martino ieri sera.»

Viola non risponde.

«Dice che quando torno mi spiega bene, ma che pensa di riprovarci con Chiara.»

Ancora silenzio.

«Che effetto ti fa?»

Viola si gira e la guarda.

«Andrea...» le dice. «Sono incinta.»

Ringraziamenti

Ringraziamo Arianna Curci e Alice Fornasetti, la nostra editor e la nostra agente, per essere state le prime a cercarci e a credere in noi con grandissimo entusiasmo.

Ringraziamo Rizzoli per aver scelto di essere il nostro editore e la Grandi & Associati per averci accolto con sincerità e professionalità nel loro mondo.

Ringraziamo noi stesse, la nostra amicizia e la forza che abbiamo avuto e avremo nel portare avanti questo meraviglioso progetto da sole, con fatica e passione… anche quando saremo quarantenni!

Ringraziamo Luca (il nostro super videomaker), Davide e Gabriele, per essere i nostri compagni di vita, per supportarci e, soprattutto, sopportarci (va be', forse vale più per Silvia questo punto!).

Ringraziamo le nostre famiglie per averci insegnato

a non mollare mai e per condividere sempre con noi i successi e le soddisfazioni dopo anni di grandi fatiche.

Ringraziamo le nostre amate amiche e tutti i nostri amici che hanno sempre sostenuto il nostro progetto con trasporto e senza chiederci mai niente in cambio.

Ringraziamo Gabriele Stroppa e tutta la Playground per il supporto tecnico a partire dal giorno uno. Andrea di Colorinside, amico e partner perfetto per il progetto delle T-shirt, Delia Parodo, l'ufficio stampa più cool che c'è, e Beatrice Quadri, la fotografa, videomaker e a volte anche attrice più buona – e bona – di sempre.

Se siamo qui è anche grazie a voi.

E un grazie a tutti I Trentenni per condividere con noi i loro ricordi e i momenti migliori della loro infanzia. Per essere rimasti quei ragazzini cresciuti negli anni Novanta pieni di energia, fiducia, spensieratezza e voglia di cambiare il mondo, anche adesso che sembra tutto più difficile.

Li ringraziamo per essere ironici, autoironici e determinati proprio come noi.

Siamo il carburante di un futuro che sappiamo, con presuntuosa certezza, sarà meraviglioso.

VVUKDB

Silvia, Stefania e Ilaria

Questo volume è stato stampato presso ELCOGRAF S.p.A.
nel mese di settembre 2018
Stabilimento – Cles (TN)
Stampato in Italia